新 潮 文 庫

このクリニックはつぶれます！

医療コンサル高柴一香の診断

午 鳥 志 季 著

新 潮 社 版

12036

Contents

Clinic on the Brink
The Diagnosis
of Medical Consultant
Ichika Takashiba

このクリニックはつぶれます!

医療コンサル高柴一香の診断

Clinic on the Brink

The Diagnosis of Medical Consultant Ichika Takashiba

プロローグ　開業医の条件

「開業医の条件とは、何か」

潰《つぶ》れかけのクリニックの片隅。居並ぶスタッフを睥睨《へいげい》して、その女は言った。

彼女の名は高柴一香《たかしばいちか》。経営大赤字の弱小クリニックへとやってきた、医師免許を持つ医療コンサルタントである。黒いスーツに身を包み、黒縁眼鏡の奥には鋭い眼光が宿っている。

「診断が正確であること？　患者に寄り添えること？　内視鏡が上手《うま》いこと？」

ゆっくりと、女は首を横に振った。

「全《すべ》て違います」

すっ、と高柴が人差し指を立てる。

「足りない機材は借りればいい。人手がないなら雇えばいい。悩ましい症例は他の医者に聞けばいい。開業医には高度な医学的知識も高い倫理観も不要です。邪魔とすら言える」

あけすけな、身《み》も蓋《ふた》も無い物言いだ。しかし反論はできない。彼女がこれまで数々の赤字クリニックを立て直してきた辣腕《らつわん》コンサルタントであることは、動かしようのない事実だ。

高柴が色の薄い唇を動かす。

「開業医にたった一つ必要な条件。それは——医療を金儲《かねもう》けと割り切れること」

そう言って、高柴一香は酷薄に笑った。

第一章　窮地

いわざき内科クリニックは新宿歌舞伎町《かぶきちょう》の外れに位置する個人経営の内科医院である。院長の内科医・岩崎慎《いわざきまこと》はまもなく三十歳を迎える若手の医師だ。勤務医や研究の道にも未練はあったが、一方で自分には適性が乏しいことも理解している。そのため、清水《きよみず》の舞台から飛び降りる気持ちで開業医の道を選んだ。

築五十余年の木造二階建て、入り口上に掲げられた「いわざき内科クリニック」という看板は色褪《いろあ》せてところどころ文字がかすれている。祖父のクリニックを引き継いだので建物が古いのはやむを得ないが、レントゲン室にまで雨漏りしていることが発覚し、慌《あわ》てて修理してもらったのが数ヶ月前の話である。

廊下の奥に位置する診察室が、慎の本拠地だ。襟元がすっかりくたびれてしまった白衣を羽織って患者を診察するのが、慎の仕事だった。

診察室の机に片肘《かたひじ》をつき、慎は大きな欠伸《あくび》をした。

「……患者、来ないなあ……」

場所が悪いのか雰囲気が悪いのか、患者はちっとも来ない。古い木造の建物はあちこちにガタが来ているらしく、去年内装をリノベーションしたばかりだというのにどこからともなく隙間風《すきまかぜ》が吹き込んでくる。真冬の空気に慎は身震いした。

「岩崎先生。私ちょっと休憩行ってきます」

診察室の扉を引き開けて、受付事務の江連美咲《えづれみさき》が声を投げてきた。まだ大学を卒業したばかりの若者で、くりくり巻いた癖っ毛と吊《つ》り目、喋《しゃべ》ると時々のぞく八重歯が特徴的な女だ。どことなく、普段は人間に見向きもしないくせにちゃっかり餌《えさ》だけもらっていく猫のような雰囲気がある。慎は渋い顔をした。

「君、さっきも休憩行ってなかったっけ？」

慎が指摘すると、江連はスパスパとタバコを吸うジェスチャーをした。

「これですよ、これ」

慎の渋面がさらに深くなる。

「クリニックの前で喫煙するのはやめてくれ」

「ちゃんと公園まで行ってますよ」

「しかし君は今、うちのクリニックの制服を着ている」

「平気ですって」

江連はヒラヒラと手を振った。彼女が喫煙のため勤務をしばしば抜け出すことは慎としては大変遺憾に思っていたが、当の江連は気にした風もなかった。

江連はぴっと人差し指を伸ばし、

「だいたい、このクリニック全然患者来ないじゃないですか。私がいなくても問題ないでしょ」

「……それは……そうだけど……」

現在は午後三時。本日のいわざき内科クリニック、来院者数はいまだゼロである。

「私は暇で嬉《うれ》しいですけど。大丈夫なんですか、このクリニック？」

江連の疑問に返せる言葉はなく、慎はむすりと黙り込むことしかできなかった。

その後も閑古鳥が鳴くことしばし。あまりにも外来が暇なので、慎は腕組みをして考え事に耽《ふけ》っていた。思案の内容はもちろん、いかにしてクリニックの経営を立て直すか、である。

ＯＡ機器や消耗品などで二百万。エコーやレントゲンなどの診療設備と、老朽化した内装のリノベーション工事は、なんと一千万を超えた。これにさらに人件費や諸々《もろもろ》の機材の費用もかかってくる。医師会費だって必要だ。

これを回収するためには、一日あたりどう計算しても三十人程度の来院患者数が必要だ。しかし今のいわざき内科クリニックの来院者は平均して一日にわずか四・三人である。本来二月といえば風邪やら何やらで内科のかき入れ時と言われているのに、あまりにも寂しい状況だ。

なんとかして患者を集められないかと頭をひねるが、妙案は浮かばず、時間だけがすぎていく。悶々《もんもん》とした気持ちを抱えたまま、慎はインターネットの検索画面を開く。

「開業医……経営……やり方……」

打ち込みながら、なんてバカな検索をしているんだと自嘲《じちょう》の笑いが漏れる。こんなところに起死回生の妙手が転がっているわけがない。慎とて、本気でネットの海に転がった得体の知れない情報にすがるつもりはない。だが一方で、自分一人ではこの崖《がけ》っぷちの状況を打破する手段が思い浮かばないのも事実だった。

検索でヒットしたページを、上から順番にスクロールして流し見る。

『開業医の年収は最低三千万円⁉』

『開業医の婚活事情　いかにしてお金目当てで寄ってくる異性を見抜くか』

『親のクリニックを継いだら年収億越えた件』

どうやら、世間の開業医というのは慎とは随分と懐《ふところ》事情が違うらしい。だんだん忌々《いまいま》しくなってきたので検索を終了しようとしたが、とあるページに目を留めた。

『Dーコンサルティングはクリニック開業・経営を専門とするコンサルティング会社です。まずはお気軽にご相談ください』

どうやら医療コンサルタントの会社のようだった。慎は口をへの字にした。

コンサルタントには苦い思い出がある。祖父のクリニックを継承する時、慎にも医療コンサルタントが一人ついていたのだ。人当たりの良い男だったが、仕事が遅く、なおかつ提示するプランがどれもこれも絶妙に的外れなものばかりだった。もともと慎は患者が多く見込める冬季のリニューアル開業を狙《ねら》っていたのだが、コンサルタントの仕事が遅いばかりに春先の開業となってしまった。その意味では、いわざき内科クリニックの経営不振の原因の一端は医療コンサルタントにもあると言えるだろう。

椅子《いす》に座り直す。頬杖《ほおづえ》をつきながら、慎はホームページを眺め見る。

（……まあ、聞いてみるだけならタダか）

このままではジリ貧だということは分かっている。それに、今の慎は時間を持て余しているのが実情だ。ほんの少しでも有益な情報が得られる可能性があるなら、話を聞いてみるのも悪くないだろう。そんな気持ちで、申し込みフォームに記入を済ませる。

『ご相談ありがとうございます。岩崎　慎　先生のお力になれるよう、尽力いたします。近日中に担当者からご連絡いたします。……』

機械的なメッセージを眺めながら、深々とため息をつく。椅子に深くもたれかかり、慎は目を閉じた。

翌日、いわざき内科クリニックに出勤した慎は、相も変わらず手持ち無沙汰《ぶさた》な午前を過ごした。江連は「雑貨の買い出しに行ってきますね」と言って何度か出かけていたが、彼女の真の目的が喫煙であることは、胸ポケットに入ったマールボロの箱から明らかだった。

午前中の来院患者はわずか二人、しかも経過の安定した高血圧患者だった。同じ薬を出すだけなので診察に時間のかけようもなく、慎はクリニックの収支表を見てはため息をついたり頭を抱えたりして過ごした。

昼休憩を迎え、慎はクリニック近くの牛丼屋《ぎゅうどんや》に向かった。券売機に表示されるメニューを眺めながら、

（並盛りで我慢するか？　いや今日は陽奈《ひな》の塾のお迎えがある日、晩御飯が遅くなる。大盛りにしないと持たないぞ……。いや、それより豚汁をつける方が腹が膨れるか。今月も家計が厳しいんだ、贅沢《ぜいたく》はできない。くそ、吉山家《よしやまや》め。こっそり値上げなんてしやがって。こんなところまでインフレか）

心中で牛丼屋に悪態をついたあと、慎はねぎ玉牛丼並盛りを選択した。

昼休みなのだろう、店内はサラリーマンで賑《にぎ》わっている。両隣をくたびれたスーツ姿のおじさんに挟まれながら、慎は牛丼をもそもそと食べた。

店内はカウンター席が数列にわたって並んでおり、慎の向かい側にも客が座っている。数人の若者グループだ。新宿歌舞伎町の近くという土地柄、水商売と思われる男女も多

い。若者たちは髪を明るい色に染め、スーツ姿だった。

「お前さ、いい加減病院行っとけって」

若者たちの一人が大声で言った。

「いつまで腹壊してんだよ。しかも血便も出たんだろ？　普通じゃねえだろそれ」

「そうかな」

「あたりめーだろ。普通の人間はケツから血混じりのウンコは出ねえよ」

髪をオールバックにした若者が肩を落とす。どことなく青白い顔をした彼は下唇を突き出し、

「でもさあ、別に普通に生活はできてんだぜ。熱もないし。これって何科なの？」

「とりあえず、まずは内科じゃねえの」

「この辺にあるか？」

周囲のサラリーマンが若者たちにちらちらと視線を送っている。「こんな場所でウンコの話をするんじゃない」とでも言いたげだが、若者たちは頓着《とんちゃく》せず会話を続けている。

一方、慎は別のニュアンスでオールバックの若者に視線を送っていた。

（……まあ、確かに一度病院にかかった方が良いな）

奇《く》しくも先ほどの指摘は正しい。普通の水様便なら単なる食あたりかもしれないが、血便はカンピロバクター腸炎や潰瘍《かいよう》性大腸炎などの可能性が出てくる。場合によっては

専門機関での治療が必要かもしれない。

（うちで診させてくれれば、いろいろと検査もできるんだが）

スマホをいじっていた若者の一人が、

「あ、この辺にも内科あるぜ。いわざき内科クリニックだってよ」

慎は思わず耳をそば立てた。

「へえ。仕事始まる前に行けるかな」

「行けんじゃゃね、歩いて五分くらいの場所にあるぜ。あー、でも……」

若者は眉《まゆ》を顰《ひそ》めた。

「ダメだな、やめた方が良さそうだ。クチコミやばいぜ」

「『後期高齢者の院長が一人で切り盛りしてる』『院長の方が具合悪そう』『内装が汚くて、むしろ病気になる可能性あり』……。うわ、確かに」

「他のところ行けよ。一緒に探してやるからさ」

若者たちは席を立ち、店を出て行った。思わず追いすがって「いや、それは先代の頃の話で、今は内装のリノベーションもしたんだ」と言いたくなったが、若者たちはほどなく新宿の雑踏に呑《の》まれていった。

慎はしょんぼりと肩を落とし、ねぎ玉牛丼並盛りに再び箸《はし》をつけた。

いわざき内科クリニックは遡《さかのぼ》ること八十年近く前、戦後間もない頃に慎の曾祖父《そうそふ》が開業した。慎が生まれた頃には祖父の代になっていたが、その祖父も二年前に亡《な》くなり、慎へと継承されたというわけだ。

「はー…………」

夜の歩道の片隅に立ちながら、慎はスマホを眺める。見ているのは先月のクリニックの売り上げだ。見ていて思わず頭を抱えたくなるほどのささやかな金額で、リノベーションや診療設備にはたいた大枚を回収するには到底足りない。

(どうすりゃいいんだ……)

開業医が大儲《おおもう》けできたのは昔の話だ。医薬分業の推進や保険点数の削減など、小規模経営のクリニックには逆風が吹いている。

大学病院で働いていた頃は、金のことなんてロクに心配したこともなかった。ただ次々に現れる患者をさばくので精一杯だった。それで十分だった。医学以外のこと——家庭や趣味に費やす時間はなかったし、金のことを気にする医者は卑《いや》しい奴《やつ》、という雰囲気すらあった。

だが開業医は違う。一人の医者であると同時に、経営者でもある。患者を診察し健康を守ることは無論大事だ。だがそれと同時に、患者をたくさん診察して保険点数を多く稼ぎ、利益を出すという視点も必要になる。

いくら真面目《まじめ》に診察していようと、儲けを出さなくては話にならない。慎が稼がなくてはクリニックのスタッフが路頭に迷うし、なにより家族を養えない。

悶々と考え込んでいた慎だが、

「お兄」

呼びかけられ、顔を上げる。街灯の光に照らされながら立っていたのは、

「陽奈。授業は終わったのか」

「うん」

妹はそっけなく頷《うなず》いた。

陽奈は慎の妹だ。中学三年生の十五歳、最近顔立ちがぐっと大人びてきており、それに伴い兄への態度が冷たくなりつつあるのが目下の悩みである。夜遅くまで塾で勉強して高校受験に備える陽奈を迎えに行くのは、毎週の慎の日課だった。

(昔はあんなに懐《なつ》いてたのになあ)

年が離れていること、両親が早くに他界したこともあり、慎と陽奈の関係は兄妹《きょうだい》というより親子に近い面がある。かつては一回り以上上の兄にべったりで、一日中後ろをついて歩いていた妹は、今や兄と最小限の会話しか交わそうとしない。

「何してんの？　早く行くよ」

陽奈は先に歩き出していた。慎はその少し後ろを、ゆっくりとついていく。

「お兄さあ。もうお迎えなんて要らなくない？　恥ずかしいんだけど」

「何言ってるんだ。こんな遅い時間に一人で歩いたら危ないだろう」

犯罪はいつ誰が巻き込まれるか分からない、根拠もなく自分だけは大丈夫と思い込むことは危険だ、と切々と説くものの、当の陽奈は「ほーい」と生返事を返すのみであった。

（大丈夫なのかな……そんなに必死に勉強しているようにも見えないし……）

もうじき本命校の入試だというのに、パソコンにかじりついていたり部屋で一人で歌ったりとのんびりした様子で、兄の方が気を揉《も》んでいるのが実情である。

「YouTubeを見るのは良いが、その分勉強もきちんとしなさい」

「はーいはい」

岩崎家は赤羽駅から歩いて十分のマンションに居を構える。２ＤＫの小さな部屋で、都内としては破格の家賃ではあるが、それでも家賃を払うだけで家計は悲鳴を上げた。

マンションのエレベーターを並んで待っていると、陽奈がおもむろに口を開いた。

「じいちゃんのクリニック、どうなの」

「まあ、変わらずだよ」

「お客さん来てないってこと？」

「患者をお客さんって呼ぶなよ」

陽奈は深いため息をついた。

「いい加減畳みなよ。あんなクリニック」

陽奈の言葉に刺《とげ》が混じる。この話題はまずいなと慎は思ったが、後の祭りである。

「リノベーションだのなんだのですごいお金かかったんでしょ？　回収するアテもないくせに」

「まだ継承したばかりだからな。軌道に乗るまで、時間がかかる」

それに、と慎は続けた。

「お前はお金の心配なんてしなくていい。兄ちゃんがなんとかする」

慎としては気を遣って言ったつもりだったが、結果的に悪手だった。陽奈はキッと眉を吊り上げた。

「は？　何それ？」

陽奈は苛立《いらだ》たしげに吐き捨てた。

「子供扱いしないで。お兄はいっつもそう」

ちょうどエレベーターが到着する。陽奈はずんずんと乗り込み、荒い手つきで「5」の数字を押した。

エレベーターが動き出す。しばし、気まずい沈黙。慎は努めて明るい口調で喋る。

「宣伝もしてるし、これからは患者が増えると思うよ」

陽奈の眉間《みけん》に刻まれた皺《しわ》は消えず、慎は冷や汗を流した。経営不振の原因を尋問される零細企業の社長のような気分だった。

「無理だって。どう見ても儲かりそうにないじゃん」

祖父が院長だった時代も、いわざき内科クリニックの患者数は芳《かんば》しいものではなかった。新宿という激戦区で昔ながらの素朴な、悪く言えば時代遅れな診療を行っていた、いわざき内科クリニックの集患力は低かったようだ。

「あんなクリニック、売っちゃえば良かったのに」

陽奈が漏らした声が、耳の奥にいつまでも残った。

いわざき内科クリニックの診察室で、慎は深々とため息をついた。頭を抱えて、

「……金が、ない……」

切実な哀愁の漂う言葉を漏らす。

慎の前にはいくつかの封筒が並べられている。金融機関からのものがほとんどで、内容は督促だ。

——平素よりお世話になっております。今月の返済金につきまして、まだご入金を確認できておりません。速やかな振込をお願いしたく存じます。云々《うんぬん》。

いくらか表現の差異はあれど、内容は似たり寄ったりだった。

いわざき内科クリニックの赤字は増え続けていた。冬を迎えれば患者も足を向けてくれるはずだという希望的観測はすでに打ち砕かれ、慎の心中には暗雲が垂れこめていた。

本日の午前中の来院患者は、なんと一人もいなかった。慎は時々窓の外を覗《のぞ》いて患者がやってこないか確認しては、机の前で督促状を見て頭をかかえることを繰り返して過ごした。無為な時間だった。

「せんせー。そろそろお昼休憩、いいですか」

事務の江連が診察室に顔を覗かせる。慎は顎《あご》に手を当てて考え込んだあと、おもむろに立ち上がり、

「休憩の前に、また駅前に行ってこう」

「えー。またアレやるんですか」

「仕方ないだろう。クリニックのためだ」

ぶうぶうと不満を垂れる江連をなんとかなだめすかし、慎は白衣を脱いだ。

昼時の新宿駅前は人で溢《あふ》れている。吐く息が白くなって立ち昇る。周囲を見回すと、

『気になる体調の悩みは坂崎医院へ！　新宿駅より徒歩５分』

駅ビルの壁面に他のクリニックの宣伝が大きく掲示されていた。坂崎《さかざき》医院、この新宿で最も規模の大きいクリニックで、系列クリニックも各地に展開している。いいなあ、儲かってそうだなあ、うちとはえらい違いだなあと僻《ひが》み根性が頭をもたげてくるも、

（落ち込んでいる場合じゃない）

慌てて首を振り、意識を切り替える。よそはよそ、うちはうち、と自身に言い聞かせる。

駅の入り口からほど近い場所、あまり通行の邪魔にならなそうなところを探し、

「よし。ここにしよう」

慎は頷いた。

鞄《かばん》を漁《あさ》り、慎が取り出したのはチラシの束である。見出しには、

『いわざき内科クリニック　どんな症状でも、お気軽にご相談ください。　住所：東京都新宿区歌舞伎町◯－△－×　TEL：……』

と赤い文字で書かれている。

江連がボリボリと頭をかきながら、

「本当に効果あるんですかあ？　これ」

「やれることはなんでもやるべきだろう。まだクリニックの認知度自体が低すぎるんだ、知ってもらう努力が必要だ」

慎は近くを歩くサラリーマンに歩み寄り、

「こんにちは。いわざき内科クリニックです」

チラシを手渡そうとするが、

「………」

無反応で彼は歩き去って行ってしまった。チラシを渡そうとする姿勢のまま、ぽつんと慎は立ち尽くす。張りついた笑顔の行き場をなくした慎だが、

（……いかんいかん。次の相手を探さなくては）

チラシ配りなんて、九割方無視されて当然だろう。たまに受け取ってもらえれば上等、めげずに続けるべきだ。そう自分を奮い立たせ、慎はサラリーマンたちに声をかけていった。

首元に季節外れの汗が滲《にじ》む。息が上がる。作り笑いをしすぎて口角が引きつる。何度も何度も頭を下げ、無視され続ける。

チラシ配りを一時間ほど続けたあと、慎たちは撤収した。クリニックへ帰る道すがら、江連が声をかけてきた。

「患者さん、増えるといいですね」

彼女にしては珍しく、慎を気遣うような口調だった。おそらくチラシを配ろうとしては邪険に手を払われたり、舌打ちをされたりし続けた慎の姿を見ていたからだろう。

慎はつま先に視線を落とし、ぽつりとつぶやいた。

「……まあ、やってみなきゃ分からないだろう」

言い訳のような言葉は、ゆっくりと冬の空気に溶けて消えていった。

クリニックに戻ったあとも、慎は手持ち無沙汰な午後を過ごした。チラシを見た誰かが、「実は前々から具合が悪いんです。ぜひ診てください」と言って続々と集まってくるのではないかという期待は、儚《はかな》くも打ち砕かれていた。

夕暮れ時、医学書を読んだりカルテの整理をしたりして過ごしていた慎だが、ふとクリニックの扉が開く音を耳にとらえた。

(患者かな)

慌てて背筋を伸ばす。終業間際《まぎわ》に駆け込んでくる患者というのは敬遠されがちだが、今はたった一人でも来訪者が来てくれると嬉しい。

(腹痛か？　胸痛か？　健康診断で引っかかったか？)

腕まくりをして待ち構えていた慎だが、

「ふうん。ヒマそうですね、やっぱり」

呼び入れてもいないのに、診察室の中に入ってくる女が一人。

年齢はおそらく二十代の後半くらい、慎よりは年下だろう。痩《や》せていて、相当に背が高い。きっちり切り揃《そろ》えられたボブカットに細身のパンツスーツ姿は丸の内のビジネス街にでもいそうな出立《いでた》ちだが、一方で背負った巨大なリュックサックがどこかちぐはぐな印象だった。

慎は慌てて声をかけた。

「診察の準備ができたら呼びますので、少し外で待っててくださ――」

「診察はしなくていいです」

女はリュックサックを床に置き、ぐるりと周囲を見回す。休憩室から怪訝《けげん》そうに顔を覗かせるスタッフや、据え置きのエコーやレントゲン室に順番に目をやったあと、

「継承したクリニックのようですが、内装はリノベしてますね。エコーや電子カルテは新品。となると初期投資で千八百万円。固定費が月当たり百八十万円。それに対して、粗利は百十万円……いや、百五万円というところですか」

女は独り言のようにそうつぶやいたあと、診察台にぼさりと腰掛け、眼鏡をはずすとそのまま横になった。

「最近寝てないんです。少し、眠らせてください」

「は、はあ？」

慎はぽかんと口を開けた。

（なんだよこの人……）

呆然《ぼうぜん》として女の顔を見る慎。すでに彼女は寝息を立て始めていた。叩《たた》き起こして追い出そうかと思ったが、慎には一つ引っかかることがあった。

――初期投資で千八百万円。固定費が月当たり百八十万円。それに対して、粗利は百

十万円……いや、百五万円というところですか。

彼女が口にした数字は、いわざき内科クリニックの現在の経営状態とぴったり合致していた。

（……なんで分かったんだ？）

先ほど、女がクリニックの内装を観察していたことを思い出す。軽く一瞥《いちべつ》しただけで、どれほどの初期投資や維持費がかかっていて、収入はどれくらいか見当をつけたということだろうか。そんなことができるのか。

「先生？　なんか患者さんが勝手にそっちに行っちゃったんですけど」

江連が、扉の隙間からひょこりと顔をだす。診察台の上で眠りこける女と慎を訝《いぶか》しげに見比べたあと、

「……何してるんですか？」

慎は肩をすくめた。

「いきなり来て、診察はいいから寝かせてくれと言い出したんだ」

「不審者じゃないですか。警察呼びます？」

慎は少しの間、思案した。江連の言う通り、さっさと追い出すのが正解だろう。ただ、先ほどの発言――このクリニックの経営状態を一目で見抜いたことが、どうにも気になった。

「……いや、いいよ。寝かせてあげよう。どうせ患者は来ないだろうし」

「なんかその理由、悲しいですね」

まあ私も来ないと思いますけど、と言い残し、江連は休憩室へと引っ込んでいった。

慎は電子カルテの端末前に座り、カルテの整理の続きをして時間を潰《つぶ》すことにした。

三十分ほどした頃、「んー……」という声が背後から聞こえてきた。椅子を回すと、診察台の上にあぐらをかいたスーツ姿の女が、両腕を掲げて大きく伸びをしているところだった。

「いやあ、よく寝ました」

さっぱりした顔で女は言った。慎は低い声で尋ねる。

「改めて聞きますが……どちら様ですか」

女は鞄から名刺を一枚取り出し、慎に差し出した。目をすがめて受け取ると、

『D－コンサルティング　医療コンサルタント　高柴一香』

という記載が目に入った。

「依頼を受けてきました。医療コンサルタントの高柴一香《たかしばいちか》です」

「依頼……？」

慎は首を傾《かし》げる。高柴、という名前らしい女は、

「先日、弊社に依頼をいただいたはずです」

記憶を漁る。ほどなく、ネットで医療コンサルタント会社に相談を申し込んだことを思い出した。

「思い出してもらえましたか。では、早速仕事に入りましょう」

「え？　あ、ちょっと」

慎の制止も聞かず、高柴はクリニックの中を物色し始めた。

「電カルは富士通のホープですか。定番ですね。エコーは新品だし、新しく買いましたね？　それならガンガン使ってください。発熱・感染対策の加算はちゃんと取っていますか？　取れる加算は全《すべ》て取っていきましょう。レントゲン室への動線は──」

「いや、少し待ってくれ」

慎は額を押さえた。

「確かに僕は君の会社に連絡はした。だが、まだ仕事を依頼すると決まったわけじゃない。勝手に話を進めないでくれ」

慎は眉間を揉みながら、

「院長は僕だ。このクリニックの経営方針は、僕が決める」

高柴はすっと目を細めた。値踏みするような視線に、慎は後ずさりそうになる。

「一年」

「は？」

「このクリニック、このままだとあと一年で潰れますよ」

慎は目を見開き、思わず反論した。

「何を根拠に」

「毎月数十万円以上の赤字を垂れ流していたら、いずれ潰れます。岩崎さん、あなた五千万円の借金に耐えられますか」

慎は言葉に詰まった。唇を舐《な》めたあと、絞り出すように言う。

「君の言う通り、今はこのクリニックは赤字だ。だが、経営を立て直す見込みはある」

「無理ですね」

高柴は前髪を整えながら言った。

「ここに来る前、岩崎さんの経歴についても調べました。永応大学病院総合診療内科――長谷川《はせがわ》教授の教室の出身ですよね」

慎の顔が強張《こわば》る。

ふっ、と小馬鹿《こばか》にしたように高柴は鼻を鳴らした。

「いかにも世間知らずの理想主義。長谷川教授の弟子なら、納得です」

慎は目をむいた。腹の底からふつふつと怒りが湧《わ》いてくる。

「岩崎さん、あなた開業向いてないですよ。少なくとも、現時点では」

淡々と高柴は続けた。

「このクリニックは典型的な赤字クリニックです。患者が来るわけがない。診察室はいつもガラガラ。おかげで快適な昼寝ができました」

あまりに失礼な物言いに、慎は色をなした。目の前の澄ました女に向けて、慎はゆっくりと言った。

「……出て行ってくれないか。君に仕事を依頼する気はない」

そうですか、と高柴は気のない口調で返事をした。リュックサックを背負い、

「気が変わったら連絡ください。名刺に電話番号書いてあるんで」

スタスタと高柴は診察室を出て行った。その後ろ姿を、慎はじっと睨《にら》みつけた。

高柴が去ったあとも、診察室で慎は貧乏ゆすりをしながら悶々としていた。

(なんなんだ、あの女は)

医療コンサルタントといえば、もう少し医者には丁寧な態度を取るものではないのか。こちらは客だぞ崇《あが》め敬え、と言うつもりはない。だが最低限のマナーというものはあるはずだ。

机の上に置きっぱなしだった名刺――『D－コンサルティング　医療コンサルタント　高柴一香』という文字列が目に入る。

慎は名刺を手に取ってしばらく眺めたあと、ぽいっとゴミ箱に放り込んだ。

その男は、突然にやってきた。

ある日の終業後、クリニックのガラス扉が引き開けられた。クリニックに入ってきた男は長袖《ながそで》のポロシャツにチノパンというラフな服装で、体は熊《くま》のように大きい。よく太っていることもあり、歩くたびに岩が動くような圧迫感があった。

男は院内を見回し、

「思ってたより広いなあ」

感心するように言ってのけた。

今日はすでに診察時間を終えている。明日出直して欲しい。そう伝えようと思った慎だが、男の顔を見てさっと血の気が引く。

「――あなたは」

「よう、いわさき君！　久しぶり」

そう言って手刀を切ってみせたのは、新宿区医師会会長・坂崎茂仁《しげひと》だった。

慎はクリニック奥、普段はあまり使っていない応接室へと坂崎を通した。テーブルを挟んでソファに腰掛け、慎は坂崎に頭を下げる。

「先生、ご無沙汰しております。ご足労いただき、大変申し訳ありません」

「いやいや、いいよ。急に遊びに来たのはこっちだ」

坂崎は腹を揺らして笑った。慎は愛想笑いを浮かべつつ、心中では油断なく坂崎の顔色を窺《うかが》った。

坂崎は新宿区医師会会長だ。新宿の医者はこの男に逆らうことはできない。しかし率直に言って、慎はこの男が苦手だった。いや、嫌いだった。会うたびに、蛇のような男だと感じる。体温がなく、いつの間にかこちらを搦《から》め捕って、身動きが取れないようにしてくる。

（……何をしに来たんだ？）

こんな吹けば飛ぶような弱小クリニックに、一体何の用だろうか。

「どう？　儲かってる？」

坂崎の質問。慎は首を横に振った。

「……正直、厳しいですね」

「ふーん。大変だね。俺の時は開業して三年もやれば東京で一軒家が買えたけど、時代が違うのかね」

坂崎は運ばれてきた茶を啜《すす》った。

一息吐《つ》いたのち、坂崎が身を乗り出す。

「いわさき君さ。ちょっと相談したいことがあるんだけど」

慎は身構える。この男がわざわざ世間話をしに来ただけとは考えられない。なんらかの狙いがあるはずだ。

「このクリニック畳んで、うちの病院で働かない？」

慎の頭が、一瞬真っ白になった。なんとか坂崎の言葉を咀嚼《そしゃく》し、

「畳む、というのは」

「閉院するってこと」

坂崎はどかりとソファに座り直した。

「今日、ここに来て分かった。クリニックの内装は地味だし、グルタチオン点滴《シラタマ》やプラセンタみたいな、稼ぎどころの自由診療もほとんど手を出してない。一方で患者の動線や診察待ちの時間を減らす工夫はしっかりしてる。見えないところに配慮が行き届いてる。いわさき君の人柄が出てるよ」

　でもね、と坂崎は続けた。

「開業医はそれじゃあダメだ。真面目に、誠実に、で儲かる世界じゃない。それは君も実感してるんじゃないかな」

慎は唾《つば》を飲んだ。ここしばらくのいわざき内科が深刻な経営不振に陥っていることは、おそらくこの男も把握している。なにせ新宿区医師会会長だ、この近隣の医療機関の情報は収益の状態から院長の不倫事情まで、全てこの男の耳に入ると考えるべきである。

「潰れるのは時間の問題でしょ。借金がかさむ前に切り上げた方がいーよ。これ、親切で言ってるからね」

坂崎は続けた。

「もし当面のお金が必要なら俺が貸してあげるよ。二億くらいあれば、ひとまずなんとかなるでしょ？」

慎はゆっくりと首を横に振る。

「このクリニックは、祖父から継いだ大切なクリニックですので。潰すわけには――」

「うーん。でも正直厳しいと思うよ。だって」

坂崎はなんでもないことのように言った。

「いわさき君さ。大学の医局出る時、やらかしたでしょ？」

慎は目を見開いた。しんと周囲の沈黙が耳に刺さる。やにわにカラカラに渇いた喉《のど》から、慎は言葉を絞り出す。

「……どういう、意味でしょうか」

坂崎はすぐには答えなかった。爪《つめ》の先をいじりながら、

「永応大にさ、長谷川先生っているじゃない」

慎は渋面を作った。大学病院時代の上司で、折り合いがひどく悪かった相手である。できれば名前も聞きたくないくらいだ。

「あの人は古い馴染《なじ》みでね。大学の部活の先輩なのよ」

「……お噂《うわさ》は聞いています」

坂崎はニッと歯を見せて笑った。慎の背筋が総毛立つ。まるで獲物《えもの》を前に舌なめずりをする大蛇のような、歪《いびつ》な笑いだった。

「長谷川先生に言われてるのよ。いわさき君には患者回すな、って」

慎は耳を疑った。辛うじて搾《しぼ》り出したのは、

「――は？」

そんな、間の抜けた声だけだった。

「今の新宿の病院で、いわさき君に患者紹介しようってところはないんじゃないかな。だって、俺が回すなって言ってるからね」

「な……なぜ、そんな」

「さあ？　長谷川先生に聞いたら？　まあ、想像はつくけどね」

坂崎はゆっくりと腰を上げた。

「うちの医局では、若手は大学病院や急性期病院で実力を磨き、研究に従事して論文を書く。その間は激務薄給でも、文句は禁物」

何の話だと慎は眉をひそめる。坂崎はシャツの襟を直しながら、

「何十年という医局への奉公を終えて教授のお墨付きを得たあと、ようやく大学を出ることを許されるってわけ」

坂崎が慎を見据える。体温の失《う》せたような、冷たい目だった。

「君は早々に医局を抜けて、開業の道を選んだ」

坂崎は鼻を鳴らす。

「目障《めざわ》りなんだよね。若手に好き勝手やられちゃうとさ」

ドアノブに手をかける坂崎。くるりとこちらへ振り向いたかと思うと、

「ま、気が変わったら連絡してよ。いつでも雇ってあげるから」

少し間を空けて、「プッ」と坂崎が吹き出した。そのまま呵呵《か》大笑《かたいしょう》しながら、坂崎は大股《おおまた》で部屋を出て行った。

荒い呼吸をゆっくりと鎮《しず》めながら、慎はただ、部屋の中に立ち尽くした。

どれほど呆然としていただろう。ふと我に返った慎は、指先の感覚がなくなっていく中、震える手でスマホを取り出した。連絡先を確認していく。かつての上司、永応大学病院の総合診療内科教授の電話番号で、彼はスクロールを止めた。

冷静な時であれば、事前の連絡もなくいきなり電話をするなんて非常識だという判断もできただろう。だが今の慎は完全に動転していた。彼は発信ボタンを押した。

電話のコール音が何度も響く。早く出ろよ、と慎は叫び出しそうになった。

『……もしもし？』

電話に応《こた》えたのは、不審そうな男の声音だった。忘れようもない、かつての上司の声である。反射的に体がこわばる。慎は早口で言った。

「長谷川先生、お世話になってます。いわざき内科クリニックの、岩崎です」

『――あぁ。岩崎先生か。久しぶり』

どこか含みを持たせた間を置いて、教授は応じた。慎は手早く用件を尋ねた。

「大変不躾《ぶしつけ》な質問で恐縮ですが。先生と医師会が私のクリニックへ患者を行かせないように手を回していると聞きまして。もちろん、根も葉もない噂と承知はしております。ただ、現在私のクリニックは経営不振に陥っておりまして、万が一事実であれば、ぜひご再考いただけないでしょうか」

早口に、一息で言う慎。長い長い沈黙が続く。やがて、

『岩崎先生』

冷ややかな口調で、教授が口火を切った。

『能力の低い医者に、私の患者は紹介できない』

慎は言葉を失った。耳元で、金属が擦《こす》れるような異音がした。

『君の働きぶりは覚えている。仕事は遅く、診断は不正確だった。それ自体は仕方ない。医者としての経験がまだ不足していたからな。問題は、途中で投げ出したことだ』

慎は唾を飲んだ。大学病院を去って医局を抜け、開業の道を選んだことを言っているのだろう。当時は随分と反対されたし、その結果教授との関係もこじれてしまった。

電話口の向こうで、教授が鼻を鳴らす音が聞こえた。

『君はまだ若いだろう？　修行の途中じゃないか。いったん総合病院に戻って、奉公に励んだらどうだ』

慎は絶句した。今の教授の言葉は、分かりやすく言い換えればこういうことだ。

クリニックは閉院して、新しい就職先を探せ――。

『ツテのある病院に連絡して回るのが良いだろう。一つくらいは雇ってくれるところもあるはずだ』

一方的に通話は終了され、電子音が何度も響いた。

しばし、スマホを持ったまま立ち尽くす。だが唐突に、スマホを壁に叩きつけたい衝動が慎の中に込み上げてきた。

「……なん……っだよ、これ！」

クリニックに、慎の悲痛な叫び声が反響した。

慎が子供の頃、祖父はまだクリニックで現役の内科医を続けていた。七十を過ぎても矍鑠《かくしゃく》としていた祖父は、病床に伏せる直前まで白衣を脱がなかった。

祖父の診察室からはいつも消毒薬と紅茶の匂《にお》いがした。祖父は大の紅茶好きだったのだ。両親が他界して祖父に引き取られてからは、慎と陽奈は祖父と三人で暮らしていた。

祖父は慎にクリニックを継げとは言わなかった。というより、医者になれと言ったことすらなかった。あまり感情を表に出す人ではなかった。ただ慎が医者になった日は、しんみりした顔で晩酌していたことだけは覚えている。

持病であったパーキンソン病がいよいよ悪化して誤嚥《ごえんせい》性肺炎をきたし、入院して治療していたある日、

――どうしたい？

と短く慎に尋ねた。質問の意味はすぐに分かった。「いわざき内科クリニックをどうするのか」という意味だ。クリニックを継ぐのか、とも言い換えられる。

祖父の質問に、すぐには答えられなかった。気づけば慎はいわざき内科クリニックに向かっていた。

――どうする？

当時の慎は、大学病院勤めで激忙の日々を送っていた。このままずっと大学病院で働いていても、体を壊すのがオチだとは思っていた。しかしそうは言っても、開業医の道を選ぶ踏ん切りは、そう易々《やすやす》とつけられるものではない。

突然目の前に出現した、人生の岐路。慎は戸惑っていた。

夜のクリニックはしんとしていて、慎の靴音だけが響いた。クリニックの中を見回すと、次々と思い出が蘇《よみがえ》った。壁にかかった聴診器は祖父に借りて遊んだことがある。机の上に僅《わず》かに残るマジックの跡は、陽奈がイタズラで書いた祖父の似顔絵の名残だ。

もしクリニックを売ってしまったら、もうこの場所はなくなる。そう気づいた瞬間、慎の中で何かが弾《はじ》けた。

病院へ駆け戻る。祖父の病室で慎は、

――じいちゃん。クリニック、継ぐよ。

慎の宣言に対して、祖父は賛成も反対もしなかった。ただ短く、

――そうか。

と言っただけだった。

ただ、慎の見間違いでなければ。

祖父はほんの少しだけ頰を緩めて、安心したように笑っていた。

肩をゆすられている。慎は「んー……？」と声を上げた。

「お客さん。もう閉店ですよ」

着物姿の居酒屋の店員が眉根《まゆね》を寄せている。周囲を見回すと、居酒屋のカウンター席に突っ伏していたようだ。慎はアルコールが染《し》みた脳で記憶を掘り起こす。

（……そうか。長谷川先生と電話して、その後、一人で居酒屋に……）

人間、弱ると過去を振り返るようになると聞く。まさに然《しか》りだな、と慎は自嘲《じちょう》気味に笑った。

「連絡遅くなってごめん、今から帰る」と短いメッセージを陽奈に送り、慎は居酒屋を出る。足取りはふらふらとよろけて覚束《おぼつか》なかった。

（長谷川先生と話すの、久しぶりだったな）

大学病院を辞してしばらく経《た》つが、それでもあの声を聞くと反射的に汗が噴き出る。大学病院にいた頃は、長谷川に叱責《しっせき》されない日はなかった。その頃の恐怖は、今でも体に刻み込まれている。

――なんだ、このアセスメントは。患者の何を診ている。

――診断の根拠が間違っている。誤診で患者を殺す気か？

――もう一度学生の頃の教科書でも読み直したらどうだ。

――カルテに知性が感じられんな。

かつて長谷川が憎々しげに目の前で吐き捨てた言葉が、何度も頭の中で反響する。脇《わき》の下に嫌な汗がにじんだ。

祖父の後を継ぐと決めたあとも、慎の中には迷いと未練があった。本当に大学を去って良いのか。いったん開業医になってしまったら、もう後戻りはできない。急性期疾患の入院治療も、研究もできなくなる。医者としてのキャリアはここで打ち止めになる。それで良いのか、と。

人並みの出世欲はあった。だが一方で、慎の中にはずっと疑問が渦巻いていたのも確かだ。

一般的に、医者の世界では大学病院やそれに準ずる急性期病院の要職に就くことが出世競争のゴールである。そのレースからあぶれた者たちの行き先の一つが、開業だ。そのこともあってか、いまだに医者の中には「開業医は金儲けのことばかり考えているヤブ医者ばかり」と馬鹿にする者もいる。

だが——と慎は思う。本当にそうなのか。

大学病院時代、業務に忙殺されて一人一人の患者をしっかり診察するゆとりはなかった。流れ作業のように治療を決め、目の前の仕事を片付けるのに精一杯だった。

慎はもっと、患者にちゃんと向き合いたかった。その気持ちが、開業医の道を選んだ理由の一つだ。

(患者をちゃんと診たい……。そう言って、鼻息を荒くして開業した結果がこれか)

家の玄関にたどり着いた時、時刻は日付の変わり目を目前にしていた。この時間だと陽奈はもう寝ている。起こさないように、そっと鍵《かぎ》を回した。

リビングにはまだ明かりがついていた。テーブルの横には妹の陽奈が座っている。こんな夜遅くまで起きているのは珍しい。慎は控えめな声で「ただいま」と言った。

しかし、陽奈からの返事はなかった。じっと難しい顔で座り込んだままだ。慎の背筋が伸び、緊張が走る。帰っても返事をしないことは、陽奈の機嫌が悪いことを示す重要なサインだった。迂闊《うかつ》なことを口走れば、その瞬間に怒濤《どとう》の勢いで責め立てられるだろう。

「ねえ、お兄」

陽奈が口を開く。その声音は低く、明らかに不機嫌だ。慎は震え上がった。

「クリニックの経営、どうなの」

慎は先ほどの教授との会話を思い出した。動揺を顔に出さないようにしながら、

「相変わらずさ。もう少しで軌道に乗ってくると思う」

陽奈は無言だった。たっぷり時間を置いた後、彼女は再び口を開いた。

「借金、いくらなの」

「えっと……ざっと三百万円くらいかな」

「嘘《うそ》つかないで」

ぴしゃりと陽奈が言った。彼女はおもむろに立ち上がり、

「お兄のパソコン見たの」

慎は一瞬頭が真っ白になった。そののち、自分の迂闊さを呪《のろ》う。今朝方出勤する時、収支表のエクセルファイルを表示させた状態のパソコンを、シャットダウンを忘れてそのままにしてしまったのだ。

「三千百万円の赤字になってた」

陽奈は責めるような視線を向けてくる。慎は絞り出すように言った。

「……隠していて済まなかった。心配させるかと思って、言い出せずにいた」

陽奈は深々とため息をついたあと、

「お兄は真面目《まじめ》すぎる」

陽奈は下唇を噛《か》み、言った。

「借金増やしてまで、なんでじいちゃんのクリニックなんて継がなきゃいけないの」

息が詰まる。陽奈の言葉が、何度も何度も頭の中で反響する。

「こんなことで、じいちゃんを嫌いになんてなりたくなかった」

慎は唾を飲んだ。実の妹にこんなことを言わせた申し訳なさと恥ずかしさで、今すぐこの場から逃げ出したい気持ちに駆られた。深く息を吸った後、

「……すまん」

やっとの思いで、小さな言葉を返した。陽奈の目の端には、うっすらと涙が浮かんでいた。逃げるように自室へ入り、慎は扉を閉めた。

深夜。慎は自室でじっと物思いにふけっている。

（……どうする？）

このままクリニックの経営が軌道に乗らなければ、慎は数千万という借金を背負うこ

とになる。一生をかけてなんとか返せるかどうか、という金額だ。贅沢《ぜいたく》はできなくなる。何より、陽奈に大変な負担をかけることになるだろう。

それは容認できない。自分が辛《つら》い思いをするのはいい。いくらでも苦労は引き受ける。だが、家族に辛い思いをさせるわけにはいかない。それだけは、なんとしても避けなくてはいけない。

「…………」

机の上に置いてある名刺を、そっと手に取る。

『D－コンサルティング　医療コンサルタント　高柴一香』

一度クリニックのゴミ箱に捨てたものを、拾って持って帰ってきたのだ。皺のついた厚紙を、じっと慎は見つめる。

（……本当に信用できるのか？）

ネットで調べると、D－コンサルティングのホームページには高柴一香が立て直したクリニックの記事がいくつも掲載されていた。あの女はそれなりに辣腕《らつわん》ではあるらしい。しかし、だからといって慎のクリニックを立て直す舵取《かじと》りを任せるに足る人物かどうかは分からない。自分にはもう、後がないのだ。

（……なら、僕一人でやれるか？）

クリニックは大赤字、患者来院数は増えず、医師会には目をつけられている。まさに四面楚歌《しめんそか》、八方塞《ふさ》がりの状況だ。この難局を打開する術《すべ》は、どんなに頭を捻《ひね》っても思いつかない。

自分一人では、どうにもならない。

この数時間の間、何度となく反芻《はんすう》した結論に、やはり今回もたどり着く。

慎はスマホを取り出し、電話番号を打ち込んだ。きっちり三コール分の間を空けて、

『はい。高柴です』

機械のような声音で、高柴の声が応えた。

『仕事を頼む気になりましたか。岩崎さん』

こちらの心情を見透かしたかのような高柴の言葉。慎は目を閉じたあと、

「――ああ。頼めるだろうか」

『分かりました。一点確認したいのですが、目標はどうしますか』

「目標？」

『ええ。クリニックを黒字にしたいのか。一年以内に分院を出したいのか。雑誌やSNSで取り上げられて有名になりたいのか。目標をどこに置くかによって、経営戦略も変化します。岩崎さんの目標はなんですか』

慎はしばし黙り込んだ。脳裏に浮かんだのは、涙を浮かべる陽奈の顔だった。

「僕の、目標は」

ゆっくりと、一言一言を区切って話す。決意を胸に刻むように。

「家族を守りたい。そのために、いわざき内科クリニックの経営を立て直す」

電話越しでも、高柴の不遜《ふそん》な笑みが目に浮かんだ。高柴は自信に満ちた口調で言った。

『――ご契約、ありがとうございます』

第二章　足りないもの

「今、いわざき内科クリニックには三つの問題があります」

契約を申し込んだ翌日。クリニックの診察室にやってくるなり、挨拶《あいさつ》もなく高柴はそう言ってのけた。

「一つ。場所が悪い」

そう言って、高柴は人差し指を伸ばした。

「しかし、ここは新宿の一等地だ。アクセスは悪くない」

慎は反論したが、高柴は「そういうことではありません」と首を振った。

「私が話しているのは『診療圏』のことです」

「診療圏……？」

慎は首を傾《かし》げた。高柴はこれ見よがしなため息をついた。

「実際に見せるのが早いでしょう。これです」

高柴が取り出したのは、新宿の地図だった。診察室の机に地図を置き、

「いわざき内科クリニックは、ここ」

慎のクリニックを赤いボールペンで囲い、位置を示した。慎は訝《いぶか》しむ声を上げる。

「そんなことは知っている。これがどうしたって言うんだ」

慎は気持ちの焦《あせ》りを抑えられなかった。一晩経《た》ってもなお、彼の頭には教授の見下したような物言いや、陽奈が涙を浮かべる様子がくっきりと残っている。

「一般的には診療圏——平たく言えば『クリニックの縄張り』ですが——半径一キロメートル圏内で設定することが多いです。しかし、これはクリニックが過密状態となっている東京では意味をなさない仮定です」

高柴はボールペンで矢継ぎ早に地図上にチェックを入れていく。

「まず、新宿駅東口から徒歩一分のショッピングモールに入る内科クリニックである、『新宿みずのクリニック』。院長の水野彰良《あきよし》先生は上部消化管内視鏡検査の世界的権威で、スタッフも優秀な人材を多く揃《そろ》えています。次に『リベール・ヘルス・クリニック』、美容・自由診療も手広くやっている総合クリニックです。SNSの広報が上手《うま》いので、若者はここに流れます。南側には『林田総合病院』。大正から続く総合病院で、長年の積み重ねから固定患者をガッチリ摑《つか》んでいます。そして何より——新宿区医師会会長・坂崎茂仁が統括する『坂崎医院』」

地図上に数多くの点と、それを囲む円が付け足されていく。

「……これらのクリニックはすでに診療圏を確立しているため、差し引いて考える必要があります。今、地図上にマークされずに残っている部分が、いわざき内科クリニックがターゲットとできる地域となります」

慎はまじまじと地図を眺めた。そののち、憮然《ぶぜん》として言う。

「どこにも残ってないじゃないか」

「その通りです」

高柴は悪びれもせずに頷《うなず》いた。

「新宿というのは、開業においてはレッドオーシャン中のレッドオーシャンなんですよ。ビジネス街で住人は少ない、既存の医療機関が多くてすでに診療圏を確保されてしまっている。私だったら絶対にここでは開業しないですね」

ははは、と笑う高柴。そんなことを言われても、すでにいわざき内科クリニックは居を構えてしまっているのだから今更どうしようもないではないか。慎の眉間《みけん》に刻まれる縦《たて》皺《じわ》が増えていく。

「診療圏の候補となる地域がもう残っていない——これがいわざき内科クリニックの抱える、一つ目の重大な問題点です」

高柴は二本の指を伸ばした。

「二つ目。アクセスのハードルが高い」

「どういうことだ」

眉《まゆ》をひそめる慎。高柴は外来の入り口を見やった。

「岩崎さんは昨日酒を飲んだと見えますが――」

「え？　な、なんでそれを」

慎は動揺しながら言った。高柴が鼻を鳴らす。

「開業医は勤務医以上に身だしなみに気を遣った方が良いですよ。もう酔っ払ってはいないようですが、まだ酒臭いです」

「そ、そうか」

慎は赤面しつつ、後でもう一度歯を磨いてこようと決意した。高柴が首を横に振り、

「そこで思い出して欲しいんですが、岩崎さんは飲み屋をどうやって探しましたか」

「飲み屋？」

唐突な質問に面食らいつつ、慎は質問に答えていく。

「……まあ、そりゃあ……。まず大まかな店のジャンルを決めて、店の場所を調べて、口コミ確認して、って感じじゃないか」

「分かってるじゃないですか。なのにどうして、ご自身のクリニックにそれを応用しないんですか」

スマホを操作し、慎に見せてくる高柴。表示されているのはいわざき内科クリニック

のホームページだった。

「内科の中でも何を専門としているのか分かりにくいんですよ。消化器、呼吸器、循環器……。なんでもいいですが、とにかく診療の内容をハッキリ伝えることを意識してください。クリニックの名前に入れてしまうか、あるいはホームページのトップ画面に大きく書いておくのが良いですね。岩崎さんの専門って何科でしたっけ？」

矢継ぎ早にまくし立てる高柴。慎は目を白黒させながら、

「元々の所属は総合診療内科だ。一時期は内分泌科《ないぶんぴつか》に出向していたから、内分泌代謝科専門医も持っている」

「なんでまたそんな微妙な専門医を……。もっと消化器や循環器みたいに患者の多い科の方が、開業には向いてますよ」

「仕方ないだろう。開業医になると決めたのも最近の話なんだから」

むすりと下唇を突き出す慎。高柴はこれ見よがしなため息をついたあと、

「となると、糖尿病や甲状腺《こうじょうせん》疾患には詳しいわけですか。早速ホームページにもその旨《むね》は書きましょう。あとは――」

高柴は一瞬黙り込み、

「口コミがえげつないほどに悪いので、これをなんとかすることですね。『後期高齢者の院長が一人で切り盛りしてる』『院長の方が具合悪そう』『内装が汚くて、むしろ病気

になる可能性あり』……。ヤバいですねこれ」

プッと吹き出す高柴。慎は不機嫌に言った。

「ただの悪口じゃないか」

「でも患者は参考にしますから。このクリニックがグーグル評価星一・五の激ヤバクリニックであることをね」

口コミが異様に悪いことには気付いていた。慎はため息をつく。

「削除依頼は出してるんだけどね」

「削除依頼なんて数ヶ月放っておかれるのが普通ですよ。それより新しい口コミで押し流す方が早いです。私も友人に頼んでみますから、岩崎さんも知り合いに声かけて回ってください。とりあえず星四と星五を五十個は集めましょう」

「友達に高評価をつけてもらうってことか」

「ええ。『いわざき内科クリニックは院長が優しくて院内は清潔で治療も早くて的確な素晴らしいクリニックです！』とでも書いてもらいましょう」

「自作自演ってことだろう？　なんだか気が引けるなあ」

「どこもそうですよ。私はグーグルの口コミはこの世で最も信用に値しないと思っていますが、さておきユーザーは愚かにもそれを見て判断するわけですから。見てくれは良いに越したことはないです」

そういうもんか、と納得しがたい思いを抱えつつも慎は頷いた。

「そして、三つ目の問題です」

「まだあるのか」

そろそろげんなりしてきて、慎は口をへの字にした。だが高柴はすっと立ち上がり、

「とはいえ、時間もないですし、続きは後で話しましょう」

「時間？」

慎は眉をひそめた。てっきり今日の午前は打ち合わせに使うつもりと思っていたが。

診察室の扉に手をかける高柴。彼女は不思議そうな顔をして振り返った。

「何してるんですか。行きますよ、岩崎さん」

「え？」

慎は素《す》っ頓狂《とんきょう》な声を出した。今日はまだ外来を開けている。

「無理だよ。今日はまだ外来で患者来るかもしれないし」

「サボってくださいよそんなの。どうせ患者来ないでしょ？」

あんまりな高柴の物言いだったが、患者が来ていないのはその通りなので慎は不機嫌な顔をして唇を突き出すしかなかった。

「あ、そうだ」

高柴は思い出したように言った。

「岩崎さん、一つ質問があります」

「なんだよ」

「車の免許、持ってます？」

陽奈が小さい頃は車に乗って遠出することもあったが、受験勉強が忙しくなってから週末はもっぱら塾通いだった。自然、車を使う機会も減っている。久しぶりの運転で、ハンドルを握る手にも力が入る。

「高田馬場《たかだのばば》駅まで、まずは向かってください。近くなったらまた指示を出します」

後部座席にふんぞりかえった高柴は、手元のノートパソコンに視線を落としたまま命令を飛ばしてくる。なぜ仕事の依頼主である自分が甲斐甲斐《かいがい》しく車を運転し、高柴は後ろで優雅に足を組んで座っているのか、何度考えても理解できなかった。

「どこに行く気なんだ」

「移動しながら説明しますよ。時間がもったいないので、もっとスピード出してください」

高柴はつんと澄ましている。慎は深々とため息をついたあと、観念してアクセルを踏み込んだ。

雨の日だった。フロントガラスを雨粒が打つ音が聞こえる。高柴は言った。

「先ほど言った二つの問題点……場所の悪さと、アクセスのハードルが高いこと。この二点はすぐに解消することは難しい。しかし、それは患者がクリニックに来ることを前提にした話」

　慎は黙って続きを促す。

「こちらから患者の元へ出向けば、これらは問題にはなりません」

「君が言っているのはつまり」

「ええ。訪問診療です」

　訪問診療とは、読んで字の如《ごと》く「医療者が患者の自宅へ訪問し、診察を行うこと」である。この高齢社会では病院に通院するだけの体力がない患者も多く、自宅で診察を受けられる訪問診療には一定の需要がある。

「先日、訪問診療をメインでやっていた先生が引退するので、患者の引き継ぎ先を探してほしいと依頼されました。岩崎さんにとっては渡りに船でしょう」

　なるほど、と慎は頷いた。訪問診療を導入していくことは慎の中にもあった発想だが、どうやって患者を集めるかがネックだった。医療コンサルタントの持つネットワークを通して患者を集められるのは、高柴に仕事を依頼したメリットの一つと言えよう。

「で、どんな患者なのさ」

　慎は気軽な気持ちで尋ねた。以前、訪問診療のアルバイトをやった時はタワーマンシヨンに住む患者の自宅に訪問し、簡単な診察だけしてあとの時間はお菓子をご馳走《ちそう》されたりお土産をいっぱいもらったりした記憶がある。一般的な外来診療に比べて訪問診療は患者の金銭負担が大きいので、たまにとんでもない金持ちもいるのだ。

だが慎の邪《よこしま》な期待はほどなく霧散した。高柴は患者のカルテを読み上げる。

「えー……。市馬紀美子《いちばきみこ》さん、七十三歳。びまん性大細胞型B細胞リンパ腫《DLBCL》に対して永応大学病院で化学療法を行うも病勢悪化《PD》、現在は化学療法は中止し緩和治療のみ行っている。ヨーグルトやゼリーなど飲み込みやすいものであればかろうじて摂取可能。投薬内容はフェントステープ4mg貼付《ちょうふ》二十四時間ごとに加えて、レスキューにオキシコドン内服中。意識は清明だが嘔気《おうき》が強く……」

「ちょ、ちょっと待ってくれ」

思わず口を挟む。

今高柴が口にした病名——びまん性大細胞型B細胞リンパ腫《DLBCL》は血液の悪性腫瘍《しゅよう》、つまり癌《がん》の一種である。抗がん剤を用いた治療を行うのが一般的だが、しばしば急速に進行して治療抵抗性のこともある。化学療法が効かず緩和治療に移行した、という経緯を見ても、

「超重症……というより、終末期じゃないのか」

「そうですよ。何か？」

きょとんとして高柴がこちらを見返す。慎は信号が青になるのを待ちながら、

「その状態でも在宅で粘るのか？　緩和ケア病棟に入った方が良いんじゃないのか」

慎が言っているのは、要するに自宅にいるのではなく入院した方が良いのではないか、ということだ。だが高柴は首を横に振った。

「患者本人のたっての希望です。自宅で最期《さいご》を迎えたいと」

慎はこのまま回れ右をしてクリニックに帰りたい気持ちになった。

在宅で診療を行うといえば聞こえはいいが、訪問診療は病院に比べてかなり多くの制約が生じる。血液検査の結果も当日には出ないし、心電図やレントゲンも簡単には取れない。十分な医療リソースのないまま、そんな超重症患者を診る自信は、慎にはない。

「訪問診療は加算が取れます。今のうちに患者を囲っておくべきですよ、これはチャンスです」

「それはあくまで金儲《かねもう》けの面で、ということだろう」

「今から緩和ケア病棟を探したところで、そう簡単には見つからないでしょう。取り急ぎの治療を行う医師が必要なんですよ」

高柴は追い討ちをかけるように言った。慎はハンドルに顎《あご》を乗せ、低い声を出す。

「一つ、言っておきたいことがある」

「なんですか」

「僕は君にクリニックの立て直しを依頼した。だが、医者としての矜持《きょうじ》は捨てるつもりはない」

振り返り、高柴の顔を見据える。

「もし僕が在宅での診療継続は難しいと判断したら、即座に急性期医療機関に送る。そこは患者にも約束してもらう。そうでないなら、診療は引き受けられない」

高柴は肩をすくめた。

「どうぞ、ご自由に」

慎は頷いた。折しも信号が青に変わる。雨の中、慎はゆっくりと車を走らせた。

患者宅は曲がりくねった道路脇《わき》にぽつんと立つ一軒家だった。大きな家だが明らかに古く、十分な手入れをされていないのであろうアオダモの枝が盛大に歩道へと張り出している。家の前に車を停め、慎はチャイムを押した。

「……？　出ないな」

首を傾げ、再度チャイムを鳴らす。応じたのは不機嫌な声音の女だった。

『……はい』

「いわざき内科クリニックです。訪問診療にまいりました」

『――ああ。新しい先生ですか』

しばらくして扉を開けて出てきたのは、歳《とし》の頃は五十歳を過ぎたあたりと思われる女性だった。ふっくらと太っていて、セーターのお腹《なか》が迫《せ》り出している。乱雑に髪を後ろで一つに縛っているが、枝毛が多く飛び出していた。眉も伸びっぱなしのようで、あまり見た目に気を遣っている印象はない。

「娘の明子《あきこ》です。よろしくお願いします」

こちらへどうぞ、と明子は慎たちを促した。慎は背後に控える高柴へ振り返り、

「君はここで待っていてくれ。ここから先は医者の仕事だ」

「いえ、同席します。ちょっと確認しておきたいことがあるので」

それに、と高柴はメガネの位置を直した。

「診察の手伝いならできます。私、医師免許持ってるので」

「え？」

慎は思わず目を丸くした。

「医師免許を持ってる……って、それは」

つまり、高柴は歴《れっき》とした医者ということになる。

「なら、なんで医療コンサルタントなんて――」

高柴はスタスタと家の中に上がり込み、スリッパに履き替えている。どうやら慎の質問に答える気はなさそうだ。慎は慌《あわ》てて後を追った。

玄関を入ってすぐに、脱ぎ散らかされた履き古しの靴や廊下に積まれた段ボールの山が目に入った。戸棚の上にはうっすらと埃《ほこり》が積もっている。どうやらあまりマメに掃除をしているわけではなさそうだ。

リビングを抜けた先が患者の部屋のようだ。明子は、「こちらです」と部屋を手で示した。

「失礼します、市馬さん」

慎は挨拶を投げた。応じる声はない。部屋の中を覗《のぞ》き込むと、空になった薬の袋や脱いだ洋服が散乱し、雑然と散らかった空間が目に入る。ベッドの上に一人の老婆《ろうば》が横たわっていた。慎は一見して、

（まずいな）

と直感した。

（末期のびまん《D》性大細胞《L》型B《B》細胞《C》リンパ腫《L》……。状態が良いとは思っていなかったが）

満足に食事も摂《と》れていないのだろう、ほとんど筋肉が残っておらず、骨が浮き出ている。その割にお腹が出ているのは、おそらく腹水貯留。頸部《けいぶ》リンパ節腫大も明らかだ。

「こんにちは」

慎は老婆に呼びかけた。眉をしかめ、ゆっくりと市馬紀美子の目が開かれる。

「……あんたが新しいお医者さんかい」

剣呑《けんのん》な声だった。慎は頭を下げる。

「本日から担当させていただく、いわざき内科クリニックの岩崎です。よろしくお願い――」

「いい、いい。そういうのはいい」

紀美子は被《かぶ》せるように言った。

「とにかく、さっさと強い痛み止めを出してくれ。あっちこっち痛くて叶《かな》わないよ」

紀美子はうめき声を上げた。言葉にこそ出さないが、慎は「そうだろうな」と納得する気持ちが強い。ここまで進行し、多臓器に転移をきたしたリンパ腫であれば、強い癌性疼痛《とうつう》を伴ってもおかしくない。現時点でも鎮痛薬は使用されているが、効果は不十分と見るべきだろう。慎は頷いた。

「分かりました。それでは、早速薬の準備をします。薬局にも届けてもらうように伝えておきますよ」

「どうも」

紀美子はおざなりな礼の言葉を述べたあと、再び目を閉じた。

「頼りなさそうな医者だねえ……」

紀美子の独り言は、近くにいた慎の耳にも届いた。初対面の相手に対して随分な物言いではあったが、慎は特に咎《とが》める気にはならなかった。

（……しんどそうだな）

表情は苦悶《くもん》様だ。疼痛が強いのだろう。慎は最低限の診察を手早くこなしたあと、

「娘さんは、こちらに」

娘の明子を連れて廊下に出た。ここなら患者本人には会話は聞こえないだろう。

「一つ、確認しておきたいのですが。……お母様のご病状については、どういう説明を受けていましたか」

慎重に言葉を選びながら、慎は尋ねた。迂遠《うえん》な物言いをしたが、とどのつまりは「極めて状態は悪いが、その点をちゃんと認識しているか」というのが慎の質問の本質である。

紀美子の予後――あと生きられる年月の見込みは、ざっと数週間というところだろう。この段階に病状が至ったときは急変時対応や疼痛管理など様々な物事に気を配る必要がある。その一つが、患者家族との認識のすり合わせである。

いざ心臓が止まったり、呼吸が停止したりした時、

「こんなに急に悪くなるなんて聞いてない。なんとかしてくれ」

動揺し、無理な蘇生《そせい》行為を希望する患者家族は多い。傍目には明らかに無茶な注文だが、あくまでそれは部外者の冷静な意見である。いざ自分の家族が三途《さんず》の川を渡らんとする時、平静な判断ができなくなるのはむしろ自然なことだろうと慎は思う。だからこ

そ、事前の情報共有が重要となる。

もうすぐ患者は死にます。分かっていますね——と。

明子はしばらくの間、じっと黙り込んでいた。やがて、ぽつりと、

「さあ……。あんまり良くない、とは聞いてますが」

慎は心中で苦い顔をした。どうやら前担当医は、病状の説明を十分にしていなかったと見える。引退間際《まぎわ》に厄介な仕事を残していったな、と慎は顔も知らない前の担当医に文句を言いたい気持ちになった。

「正直に申し上げると、かなり厳しい状態です。直近の血液検査の結果も拝見しましたが……」

慎は嚙《か》み砕いて病気の状態を説明していった。一通りの説明を終えると、

「——近いうちに亡《な》くなる可能性が高いと思います」

そう締めくくり、明子の顔を覗き込んだ。

明子はぼうっと虚空《こくう》を眺めていた。ちゃんと話伝わったかな、大丈夫かな、と慎が心配し出した頃、ようやく明子は口を開いた。

「良かった」

しみじみとした口調だった。

「やっと解放されるんですね」

その様子を見て、慎は心の中でつぶやいた。

（……なるほど。そういう家か）

その後、明子は玄関まで慎たちを見送った。

頭を下げ、「またよろしくお願いします」と言ってきた明子の顔は、最初よりもいくばくか晴れやかになっていた。

「介護疲れがありそうだな」

車に戻ったあと、慎は高柴に言った。

親の具合が悪くなった時、施設や病院に預けず自宅で面倒を見ることを選択する者も多い。だが、実際に介護が始まってみると想像以上の重労働に疲弊するケースが後を絶たないのも、また事実だ。車椅子《くるまいす》への移乗の手伝い、入浴の介助、下の世話、そして疾患の急性増悪《ぞうあく》に対してどう対処するか……。神経がすり減るのは想像に難くない。

「早めに施設の手配をした方が良いかもしれないな」

「いや、なるべく在宅で粘ってもらいましょう」

高柴はノートパソコンを見ながら言った。

「在宅患者は貴重な収入源です。特に市馬さんは加算できる算定がいくつかあるので、患者としてオイシイです。今のいわざき内科クリニックには彼女のような患者が必要ですよ」

それに、と高柴は続けた。

「先ほどカルテを確認しましたが、市馬さんの医療費は二割負担です。つまり、ああ見えて収入があるんですよ。株か不動産かは知りませんが、診療費を回収しそびれる懸念《けねん》が少ない」

「そんなところまで見てたのか」

「むしろ、一番重要なところですよ。取りっぱぐれがないようにしないと」

慎は渋面を作った。車を走らせながら、慎は吐き捨てる。

「君にとって、患者は金儲けの道具でしかないのか？」

「そうですよ。当たり前じゃないですか」

高柴はなんでもないことのように言った。

「岩崎さんは患者の容態が良くなれば報酬は要らないんですか？　そういう価値観も否定はしませんが――」

高柴は目を細めた。

「とどのつまりは自己満足に過ぎないですよ、それ」

慎は押し黙った。そののち、低い声で、

「どうやら、君とは医療に対する考え方が違うらしい」

「そうですね」

高柴は頷いた。

高柴にいわざき内科クリニックの立て直しを依頼して、一ヶ月が過ぎた。幸い陽奈は第一志望だった国立大の附属高校に難なく合格し、クリニックの仕事やら陽奈の入学準備やらで慎は慌ただしい日々を過ごした。まだ肌寒い日が続くものの、ふと見上げれば桜の蕾《つぼみ》が膨らんできている。少しずつ季節は春に移っていた。

高柴から紹介された患者の診療のため、月・水・金は訪問診療にあてることにした。慎は東京中を車で駆け巡る日々を過ごした。

「お兄、最近車でどこに出かけてるの？」

朝、慌ただしく着替える慎に、陽奈が怪訝《けげん》な顔で尋ねてきた。慎はシャツのボタンを留めながら、

「訪問診療を始めたんだ。引き継いだばかりの患者が大量にいる。悪いが、しばらくは忙しいと思う」

「ふうん。……」

陽奈は少しだけ嬉《うれ》しそうな顔をした。いわざき内科クリニックが抱える患者数が、多少なりとも増えたことが嬉しいのだろう。

訪問診療を始めて以来、慎の生活スタイルは大きく変わった。これまでは日がな一日診察室に座って過ごすことが多かったが、今は車に乗ってあちこち飛び回っている。複数の家を効率的に回る必要があるので、いやでも東京の地理に詳しくなった。

訪問診療は患者の自宅に赴かなくてはいけないという特性のため移動時間がかかり、一日あたりの診察数はどんなに頑張っても二十人が精一杯である。しかも近年の診療報酬改定で訪問診療の点数は削減の一途を辿《たど》っており、大幅な売り上げ増を期待することはできない。高柴もそこは承知のようで、

「あくまで訪問診療は一時しのぎ。いわざき内科クリニックを軌道に乗せるまでの間、当面の運転資金を稼ぐための対症療法です」

昔はもっと加算が取れたし査定も緩かったからこれだけで大儲けできたんですけどね、と高柴は付け加えた。

もっとも、今の慎にとっては患者を診られるだけありがたい。訪問診療を開始して以来、いわざき内科クリニックの収支がかなりの改善を見せたのも事実だ。

受付事務の江連は田舎の車社会の出身であるため、ドライバーとしても頼りになり、訪問診療に行くときは彼女を連れて行くことが多かった。事務処理が早く診療点数の内訳もよく把握しているため、ここへきて貴重な人材である。

唯一《ゆいいつ》の問題点として、

「先生。車の中でタバコ吸っていいですか？」

「勘弁してくれ」

ことあるごとに喫煙を要求してくるのが悩みの種だった。陽奈も乗せる自家用車にマールボロの臭《にお》いを染《し》みつけるわけにはいかない。江連は喫煙の機会を虎視《こし》眈々《たんたん》と狙《ねら》っている気配があったが、車内でのタバコは断固阻止せねばと慎は固く心に誓っていた。

その日も慎は市馬紀美子の家へ赴いていた。相変わらずの雑然と散らかった家で、玄関は薄暗く埃っぽかった。

「どうもー。いわざき内科でーす」

江連が気の抜けた挨拶を投げる。階段の上からパタパタと人が下りてくる音がした。現れたのは患者の娘の明子だった。

「先生、すみません。お出迎えもせずに」

「いいえ、お構いなく」

慎はスリッパに足を入れながら手を振った。それより、と視線を奥に向ける。

「どうですか、様子は」

「……眠っている時間が、増えましたね」

慎は頷いた。疼痛が強かったために前回鎮痛薬を増量しているが、引き換えに眠気や嘔気が強くなることはよくある。鎮痛の切れ味と副作用の強さ、両者のバランスを見極めるのは医者の腕の見せ所である。

慎は紀美子の部屋に入った。相変わらず雑然とした空間だが、今日は部屋の隅に異臭を放つビニール袋が放置されている。中にはオムツが丸めて放り込まれていた。明了が、申し訳なさそうに頭を下げる。

「すみません。ちょうどさっき、便が出まして……。最近便秘がちだったもので、量が多かったんです」

「しっかりお通じが出ていて安心しました。薬を増やすと、ひどい便秘に悩む人もいますから」

慎はベッドの横に膝《ひざ》をついた。人の気配を感じてか、紀美子はうっすらと目を開けた。

「市馬さん、こんにちは。岩崎です」

「……フン」

紀美子はそっぽを向いた。薄々感じてはいたが、この患者はあまり慎に好感を持っていない。

「大して体調は変わらないよ。薬だけ出して、さっさと帰っとくれ」

紀美子はつっけんどんに言った。慎は「まあそう言わずに」と応じ、先日の血液検査の結果を確認した。終末期ということもあり、値は無論悪い。だが、慎が訪問診療に行くようになってからは更なる悪化はなく、小康状態と言って良かった。

「採血の値は悪くなってないですよ。安心してください」

慎としては良い知らせのつもりだった。だが、慎の言葉を聞いた紀美子はぶすりと渋面を作り、

「……なんだい。余計なことしないでいいのにさ」

聞こえるか聞こえないかくらいの音量で、そう吐き捨てた。

心音と肺音の聴診、腹部の圧痛の有無など、一通りの診察をこなしていく。終始紀美子は不機嫌そうな顔をしていた。

「……診察は以上です。何か気になっていることはありますか」

慎が尋ねても、紀美子は返事をしなかった。慎は膝を正し、紀美子の横に並んだ。

「市馬さん」

慎は口を開く。

「不安な時期と思います。何か困ったことがあったら、なんでも相談してください。できる限りのことはするとお約束します」

慎は頭を下げた。紀美子は無言のままだった。ただその眉間にはわずかに皺が刻まれ、口も真一文字に結ばれている。「さっさと帰れ」と言わんばかりの顔だった。

どうやら、紀美子が心を開いてくれるまでには、まだまだ時間がかかりそうだ。慎は心の中でため息をついたあと、ゆっくりと立ち上がった。

「それでは、市馬さん。お大事になさってください」

応《こた》えはなかった。慎は患者の部屋を後にした。


「いやあ、気難しそうな人ですねえ」

車のハンドルを握りながら、江連が言った。慎はパソコンでカルテを書きながら頷く。

「医者が替わったばかりで戸惑っているだろうし、病気の状態も極めて悪い。仕方ないだろう」

「実際、予後どれくらいなんです？」

「まあ、数週間ってところかな」

「なるほど。なら保《も》ちますかね」

「保つ？」

「家族。娘さんのことですよ」

江連は指先でハンドルをつつとなぞる。

「相当疲れてますよ、あれ。家の中の掃除もまともにできてなさそうだし。そろそろ爆発するんじゃないですか」

慎は頷いた。以前、慎も同様の感想を抱いた記憶がある。

「何事もなければ良いですけどね」

江連はぽつりと言った。

クリニックに戻ると、診察室の椅子に座ってパソコンを操作している高柴が目に入った。普段のスーツに加え、今の彼女は白衣を羽織っている。なぜなら、

「このクリニック、外来は本当に暇ですね。今日は一人しか患者診ませんでした」

慎が留守の間、高柴が代わりに外来の診察を担当しているからである。

実は現在、高柴はいわざき内科クリニックの医療コンサルタントであると同時に、週に二回出勤する非常勤医師でもある。なんでも高柴曰《いわ》く、

「ここは特にヤバいな、と思ったクリニックでは非常勤として働きながらコンサルタントをやることにしてるんです。現場で体感しないと、患者層やクリニック内の動線の悪さは気づきにくいですから」

とのことである。訪問診療で留守にしている間、クリニックの外来を回してもらえるのはありがたい(「特にヤバいクリニック」認定されたことへの不満はおいておく)。

高柴の会社へのコンサルティング料支払いに加えて、高柴本人への医師としての給与支払いも発生していた。開業医の知人に聞いても「そんな医療コンサルタントがいるのか」と驚く顔をされてばかりだし、おそらく一般的なやり方ではないものの、今のところは問題なく仕事は回っている。

高柴一香は医師免許を持つ医療コンサルタントである——最初聞いた時は信じがたいと思ったが、厚生労働省のサイトにも確かに高柴の名前は登録されている。高柴一香は紛れも無い医師だ。

彼女が診察した患者のカルテを見たこともあるが、診療内容は特に問題なかった。むしろ、降圧剤の選択や腹痛の鑑別など、非常に基本的でありながら実は高い技能が要求される診療に関しても、正確な診察を行っている印象だ。

（医師免許を持つ医療コンサルタントか）

慎の知人でも医師免許を持っていながら医者にならず、弁護士になったり起業したり研究者になったりした者はいる。だが、医療コンサルタントという職を選んだものはいなかった。

「……なんです？」

じっと視線を向ける慎に対して、高柴が不審そうな顔をする。慎は「別に」と答えを濁した。

高柴がどういう事情で今の仕事を選択したのかは、慎が気にすることではない。いわざき内科クリニックの経営をきちんと立て直してくれるなら、それで十分。

そういえば、と高柴は言った。

「訪問診療の調子はどうですか、岩崎さん」

慎は紀美子のことを思い出した。腕を組み、

「……市馬紀美子さんのことだが」

「終末期のびまん《D》性大《L》細胞型《B》B細胞《C》リンパ腫《L》の人ですね」

慎は頷く。

「どうも嫌われているらしい。まあ、まだ会って日が浅いから仕方ないが……」

高柴は髪をくりくりと指に巻きつけながら、ため息をついた。

「岩崎さんを頼りないと思ったんでしょうね。まあ、気持ちは分かります」

気持ち分かるのかよ、慎は口をへの字にした。

高柴はじっと黙り込んでいる。目を細め、沈思黙考しているようだった。やがて顔を上げると、

「岩崎さん。以前の話、覚えてますか」

「以前の話、というと?」

「いわざき内科クリニックの問題点」

慎は手を打った。

「ああ……。なんだっけ。立地が悪い、アクセスのハードルが高い、それにもう一つあるって話だっけ」

「そうです。最後の問題点。これが一番根本的で、重大です」

高柴はスマホで時間を確認した。

「時間も良い頃合いですね。行きましょうか」

「行くって、どこへ」

訝《いぶか》しむ慎。高柴はなんでもないような口調で言った。

「今のあなたが抱える問題点を考察し、改善策を打ち出すために、最も適切な場所です」

「……？　つまり、どこのことなんだ」

高柴は淡々とした口調で言った。

「キャバクラ」

新宿には数多くのキャバレー・クラブがあり、仕事終わりのサラリーマンたちの憩《いこ》いの場となっている。広いホール状の空間は薄暗い照明で照らされ、慎たちの他にも客の姿は散見された。慎は落ち着かないまま視線を慌ただしく泳がせる。

「高柴さん。やっぱり帰ろう」

「今更何言ってるんですか」

隣に座る高柴は平然としている。慎はそわそわと貧乏ゆすりしながら、

「僕はこういう場所はちょっと……」

慎の右側、少し離れた場所に位置するテーブルの周りでは、壮年の男が「いやーこの間も大口の契約取っちゃってさー！」と中身のない自慢を延々と繰り広げ、それに対してキャバ嬢の女の子たちが「えーすごーい！」と五分置きに声を上げている。

「だいたい、キャバクラとクリニックの経営と、何の関係があるって言うんだ」

慎は根本的疑問を口にした。そもそも高柴がここへ慎を連れてきた理由は「いわざき内科クリニックが持つ問題点に対する改善策を提示するため」という話だった。キャバ嬢に鼻の下を伸ばしている場合ではない。

高柴はノートパソコンに視線を向けながら――どうやらキャバクラ店内でも仕事をするつもりらしい――淡々とした口調で言った。

「開業医は医者と経営者、二つの側面を持ちます。このため、勤務医よりも決定的に重視すべき要素があります」

「……？　と、言うと？」

「人間的に魅力があること。人たらしであることです」

高柴は続けた。

「岩崎さんはつまらない」

慎は下唇を突き出した。

「僕に魅力がないと言っているのか」

「そうです。それ以外に解釈の仕様がないと思いますが」

そろそろ高柴の遠慮のない無礼な物言いにも慣れてはきたが、とはいえ慎にもプライドがある。慎は反論した。

「僕は大学病院で何年も急性期医療を経験したし、専門医資格も複数保有している。医者としての腕は決して悪くないはずだ」

「その考えが的外れなんです」

高柴はディスプレイから目を上げた。

「岩崎さん。腕の良い医者と、患者にとって良い医者は別物ですよ」

目が合う。高柴は出来の悪い生徒に説く教師のように、ゆっくりと喋《しゃべ》った。

「今のあなたは患者を治せるかもしれませんが、患者を満足させることはできない」

高柴は目を細める。

「心当たり、あるんじゃないですか？」

慎は言葉に詰まった。

——頼りなさそうな医者だねえ……。

今日の紀美子もそうだが、慎は時々、患者から不安の目を向けられることがある。自信がなさそう、本当に大丈夫なのか……。口には出さないが、そう思って慎を見ている患者はしばしばいるように思う。

仕方のないことと思っていた。慎の穏やかで慎重な、悪くいえば優柔不断な性格は、もって生まれたものだ。それを優しいと考えてくれる人もいれば、頼りないと眉《まゆ》をひそめる人もいる。これはもう相性の問題で、慎がどうこう言うことではない。

そう思っていたが、どうやら高柴は違う意見らしい。

「今の岩崎さんに足りないものを学んでいただきたい」

高柴はじっと慎の目を見た。気まずくて慎は目をそらす。

周囲の席からは酒に酔った男女の歓声がひっきりなしに聞こえてくる。自分たちだけが場違いな存在のような気がして、いよいよ不安になってきた慎。その時、目の前にすっと影が落ちた。

「こんばんは」

視線を上げると、ターコイズ・ブルーのワンピースを着た女が慎の顔を覗き込んでいた。慎よりは年下だろう、二十代後半くらいに見える。きらびやかな装飾のついた服やウェーブのかかった髪は派手だが、その派手さに負けない端正な容姿を持つ美人だった。

「マキナです。よろしくお願いします」

マキナなる女は慎の隣に座った。慎はここがどういう店かを思い出し、慌てて背筋を伸ばす。マキナの容姿は慎の好みにバッチリ当てはまっているが、さておき今の慎は三十を過ぎた良い大人である。キャバクラで年下の女性に接待されたことが発覚すれば、明日から陽奈の目が冷たくなることは請け合いである。

「悪いけど僕は――」

「あ、一香。久しぶり」

「どうも」

マキナは高柴に手を振った。一香はぺこりと小さく頭を下げる。どうやら知己の間柄らしい。

「この人が岩崎センセ？」

「ええ」

「へえ。優しい顔してる」

マキナは慎を見てはにかむように笑った。慎は眉をひそめる。

「……僕のことをご存知で？」

「丁寧語じゃなくていいですよ」

マキナは手のひらを慎の手に重ねた。慎は顔を赤くしたあと、慌てて手を引っ込める。

機械のような動きで水の入ったグラスを周期的に口元に運びながら、高柴は言った。

「キャバクラというのは非常にシビアな世界です。客に気に入ってもらえなければ一円も儲からない……。この不景気の中、サラリーマンたちのなけなしの小遣いを『この子にならを貢《みつ》いでも構わない』とまで思わせないといけない」

高柴が言った。

「キャバ嬢は人心掌握のプロなのです」

まあそう言われればそうかもしれないが、と慎は横目でマキナをちらりと見た。マキナは「岩崎センセはー……。ウイスキーの水割りかな」とグラスの中に氷を入れている。

「マキナさんはこのキャバクラのナンバーワン。人に好かれる技術という点で、彼女の右に出る者はいません」

慎の前にウイスキーのグラスが置かれた。慎は遠慮がちに酒に口をつける。

「今夜一晩分のお金は払ってあります。彼女の技術――盗んでくださいね」

高柴はパソコンをパタンと閉じた。慎はきょろきょろと落ち着きなく周囲を見渡したあと、

「帰るのか」

「ええ。家でやりたい仕事あるので」

当然だろうとばかりに高柴は席を立った。キャバクラに一人残される慎。横ではマキナが、

「岩崎センセ、早く飲みましょ」

と早速顔を赤くしている。慎は視線をさまよわせたあと、時計に目をやり、

「……まあ、少しの時間だけなら」

でも、と慎はマキナに向き直る。

「申し訳ないのだけど、僕はここに遊びに来たわけじゃない。節度を持って過ごしたい」

「もちろん。好きに過ごしてください」

マキナが上目遣いにこちらを見上げ、薄く笑った。

「私も好きに過ごします。岩崎センセ、結構タイプなんですよ。口説かせてください」

慎は顔に血が昇るのを自覚した。ほんの一瞬、マキナに見惚《みと》れてしまったという事実に気がつき、慌ててふるふると首を振る。

「悪いが、僕ももう良い大人だ。キャバクラで浮かれて騒ぐなんて真似《まね》、僕は絶対にしない」

慎はそう言い放ち、ぐいと酒を呷《あお》った。


一時間後。

「よーし、じゃあもう一本シャンパン入れちゃおうかな！」

「はーい、シャンパン入りまーす！」

威勢の良い黒服の声、「センセーすごーい！」と歓声を上げるマキナ、湧《わ》き上がる拍手、その中心にいるのは、

「いやーキャバクラ楽しいなあ！」

ネクタイを鉢巻のように頭に巻き、茹《ゆ》で蛸《だこ》のように顔を赤くした慎だった。すっかり出来上がっている。

グラスに注がれたシャンパンを一気に飲み干した慎は、

「もうさあ、僕だってさあ。色々と苦労してるのにさあ。報われないんだよねえ」

「そうなんですか。センセ、頑張ってるのに」

マキナがぽんぽんと慎の肩を叩《たた》く。慎はグラスに残った氷水を啜《すす》った。

「大学では一生懸命やったのに教授に嫌われるし、開業しても嫌がらせされるんだ。患者にも嫌味言われるし。やってらんないよ」

くだを巻く慎。半分ヤケクソになりながらシャンパンをもう一本頼むと、再びマキナと周囲の店員たちは歓声を上げた。

「教えてくれ。僕に何が足りないんだ？」

マキナは人差し指を頰に当てて、可愛《かわい》らしく首を傾《かし》げた。

「私は岩崎センセ、素敵だと思いますよ？」

「やめてくれ。気休めは要らない」

最近メンタルが弱りがちだったこともあり、慎は涙もろくなっていた。少し優しい言葉をかけられただけで目頭が熱くなり、慎は近くにあったティッシュで盛大に鼻をかんだ。

　マキナは頬に手を当て、

「私はキャバクラのことしか分からないけど……。人に好かれるコツ、というものはありますよ」

「本当か。教えてくれ」

　慎は呂律《ろれつ》の回らなくなってきた口で言った。マキナは小さく頷《うなず》いた。

「人に好かれたいと思ったときに一番大事なのは、顔よりもむしろ、声です」

　マキナは慎の耳元に口を寄せた。

「ゆっくり、聞き取りやすい声で喋ります。早口は自信がなさそうでせっかちな印象になるし、ゆっくりした話し方は堂々とした印象を持ってもらえるから。声が小さいのは一番良くないけれど、大き過ぎる声量も怖がらせるからダメです。最低限の、スムーズに聞き取れはするくらいの音量がベスト」

　マキナの声が鼓膜を震わせる。囁《ささや》きは官能的な響きで、慎は背筋がゾクゾクした。

「最初にまず、好きだって伝えてあげてください。人は、自分を好きな相手には心を許します。相手に親しみを持ってもらいたいなら、自分から好意を示すのがマナーとですよ」

　慎は目をぱちくりさせた。横を見ると、先ほどまでとは違う、大人びた顔でこちらを見上げるマキナがいた。蠱惑《こわく》的だった。

「岩崎センセ」

「は、はい？」

「センセは優しい人なんだと思います。でも、それだけじゃ人を惹《ひ》きつけることはできません」

マキナが唇を舐《な》める。

「人は時に、優しさ以上に奔放さに惹かれますから」

慎は言葉に詰まった。心当たりがいくつもあったからだ。

思えば、いつだって人に気を遣って生きてきた。処世術といえば聞こえはいいが、とどのつまりは自分の意見を言うのが苦手だっただけだ。他人の考えに流されていただけ。

ふと、脳裏に疑問が過《よぎ》る。

他人を思いやるフリをして、選択から逃げていただけではないか？

人生を変えようと思って、本気で行動したことが、これまで自分にあったか？

「岩崎センセに必要なのは自信です。大学や職業っていう、誰かが貼《は》ったラベルに頼ったものじゃない。生身の自分に対する、信頼」

マキナの言葉は、頭の中にいつまでも残って旋回した。

シャンパングラスの中を立ち上る泡を、慎はじっと見つめ続けた。

保険診療において、診療報酬は毎月一定の期日に支払基金や国保から振り込まれる。クリニックの診察室でパソコンを開き、今月の振込額を確認した慎は、「お」と声を上げた。

(先月より増えてるな)

赤字は赤字だが、改善している。やはり訪問診療を開始したことが大きい。高柴のおかげと認めることは癪《しゃく》だが、少なくとも一定の効果は出ていた。

「先生、どうかしましたか」

江連が扉の隙間《すきま》からひょこりと顔を覗かせてくる。慎は頬が緩んでいるのを悟られないようにしつつ、「なんでもないよ」と答えた。

「それより江連さん。このクリニックの設備で、何かこうして欲しいところとか、改善して欲しいところとかはないかな」

「どうしたんですか急に」

「患者さん、少しだけ増えてきたからね。設備投資に回せるお金が出てくるかもしれない」

「んー。それならあたしはまず給料増やして欲しいですけどね」

「いや、まあ……それはそのうち……」

もにょもにょと口ごもる慎。江連は「冗談ですよ」と肩をすくめ、休憩室に戻っていった。

しばらく明細を眺めていると、突然診察室の扉が大きな音を立てて開かれた。

「岩崎さん。診療報酬明細書《レセプト》見せてください」

挨拶《あいさつ》もなく高柴がずかずかと部屋に入ってくる。ノックくらいしたらどうだと言いたくもなるが、おそらくこの女には言うだけ無駄だろう。慎はため息をついたあと、パソコンの画面を高柴に向けた。

「ほら。ちょうど来たところだ。幸い、先月に比べて金額は増えている」

高柴は無言だった。画面を凄《すさ》まじい速さでスクロールしていく。その眉間《みけん》に徐々に縦《たて》皺《じわ》が刻まれていくのを見て、慎はどうしたんだろうと訝った。

「……なるほど」

ぽつりと高柴が漏らす。そして、

「岩崎さん。提案があります」

「なんだ」

「市馬家からは撤退しましょう」

慎は目を瞬《しばたた》かせた。

「なんだって？」

「査定されています」

高柴はパソコン画面の一部分を指差した。

――月二回を超えた頻回の採血、およびＣＲＰの測定は妥当ではないと考えます。

――病名からは経皮的動脈血酸素飽和度測定の適応と判断できません。

そんな差し戻しコメントが表示されていた。いずれも市馬紀美子の診療行為に対して保険点数を請求したものである。

「岩崎さん、やり過ぎです」

高柴が首を横に振った。

「在宅の審査は総合病院とは比べ物にならないくらい厳しいです。こんなペースで採血していたら、切られて当然です」

切られる。医療関係者の間で、「査定で弾《はじ》かれる」ことを意味する俗語だ。

慎は下唇を噛んだ。審査を通らなかった検査や治療の経費は丸々クリニックの支払いになる。つまり、市馬家に限れば大赤字だった。

「しかし、市馬さんの容態は刻一刻と変化する。終末期とはいえ、疼痛や便秘のコントロールは必須《ひっす》だし、彼女の場合は胸水や腹水の管理も必要だ。これらの検査や処置はやむを得なかった」

「それは医学的観点の話ですよね。私は経営の話をしています」

高柴が慎を睨《にら》む。

「今の診療のまま継続は不可能です。せっかくの黒字も、市馬家だけで吹っ飛びますよ」

慎はじっと考え込んだ。そののち、首を横に振る。

「……多少の赤字は仕方ない。市馬さんの主治医として、いい加減な治療はできない」

高柴はこれ見よがしな舌打ちをした。

「優先順位を間違えていますよ。まずはクリニックの経営を回すこと。患者はその次。違いますか?」

慎は黙り込んだ。高柴の言うことも、一理はあると思ったからだ。しかし、

(今更見捨てるのは、さすがに——)

背筋を嫌な汗が流れ落ちる。ややあって、慎は首を振った。

「……患者に不利益が出るのはダメだ」

慎は続けて言った。

「僕は経営者である前に、あくまで医者なんだ。そこを忘れたくはない」

高柴はしばし無言だった。やがて、

「本当に思ってます? それ」

見透かしたような物言いだった。慎は何も言い返せなかった。

高柴はうんざりしたようにため息をついた。

「クライアントの意見は尊重します。しかし……」

ぼそりと高柴はつぶやいた。

「後悔すると思いますけどね」

耳に痛いほどの沈黙が続く。高柴は仏頂面《ぶっちょうづら》で腕を組んだまま、口をつぐんでいる。

その時、診察室に江連が飛び込んできた。

「先生」

「どうした」

江連は苦い声で言った。

「――市馬紀美子さんの意識がないそうです」

慎は目を見開いた。


訪問診療は定期的に患者の自宅に訪れて診察を行うことである。それに対して、患者の急変に対して臨時で赴くことは往診と呼ばれる。

市馬紀美子の家に往診に行った慎を出迎えたのは、不安げな顔をして玄関に立ち尽くした娘の明子と、ベッドの上でぴくりとも動かない紀美子だった。紀美子の顔を見た瞬間、慎の中を確信に近い直感が過った。

（——亡《な》くなってるな）

胸が動いていない。肌の血色が失《う》せている。何より、生きている人間には必ず存在する生気とでも呼ぶべきものが、すっぽりと抜け落ちている。

明子をちらりと見やったあと、慎は深呼吸をしてから言った。

「失礼します」

紀美子の近くに座り、まぶたを持ち上げる。瞳孔《どうこう》にペンライトで光を入れる。本来あるべき対光反射が消失している。次に聴診器を取り出し、心音と肺音を確認する。無音だった。呼吸と心拍は共に停止している。

死の三徴を確認したうえで、慎はゆっくりと立ち上がり、頭を下げた。

「四月二十五日、午後五時三十二分。市馬紀美子さん、ご臨終です」

深いため息が横から聞こえた。見ると、明子が額を押さえてたたらを踏むところだった。慌《あわ》てて手を差し伸べ、体を支える慎。

「……やっと、終わった」

明子が絞り出すようにつぶやいた言葉が、なぜか不穏な響きを伴って、慎の頭に残った。

市馬紀美子の死去から一ヶ月後。患者数はじわじわと増加傾向、それに伴い粗利も若干ながら改善を見せたにもかかわらず、慎の気分は晴れなかった。

患者の診察を終え、戸締りを済ませたあとのいわざき内科クリニックの休憩室で、慎は下唇を強く嚙《か》んでいた。苛立《いらだ》ちを抑えきれないまま江連に声を投げる。

「まだ市馬さんから医療費の振込はないのか」

「ええ。何度か電話もかけてますが、繫《つな》がらなくて」

「もう一度かけてみよう」

慎は固定電話の受話器を取り上げ、江連から教えてもらった市馬家の電話番号を押した。しかし応答はなく、いつまでもコール音が虚《むな》しく響くだけだった。

「どうします、先生」

江連が尋ねた。慎はじっと考えこんだあと、

「……市馬さんの家に行こう。電話番号が間違っていたり、忘れられていたりする可能性がある」

江連は渋い顔をしたものの、ゆっくりと頷いた。だが、

「無駄だと思いますよ」

冷ややかな声。振り向くと、高柴がつまらなそうな顔をしてノートパソコンのキーボードを叩いている。

「予想された事態です」

「……なんのことだ」

「岩崎さんも分かってるんじゃないですか？」

高柴はメガネの位置を直した。慎は口ごもったあと、車のキーを引っ摑《つか》んでクリニックを後にした。

雨が強く降っている日だった。慎ははやる気持ちを抑えながら、市馬家に向かった。

（まさか……いや、しかし……）

嫌な予感がしていた。むくむくともたげてくる黒い想像を振り払うように、車のアクセルを踏んだ。

市馬家に到着し、インターホンを押す。反応はない。慎はもう一度インターホンを押した。そこでようやく、家の扉がゆっくりと開かれた。

「………あ」

中から顔を覗《のぞ》かせたのは、市馬紀美子の娘である明子だった。明子は慎を見るなり、気まずそうに目を伏せた。慎は深く頭を下げた。

「突然お伺いして申し訳ありません。市馬紀美子さんの主治医だった岩崎です」

「……はい。覚えています。ご無沙汰《ぶさた》してます、先生」

「突然押しかけてすみません。その……」

慎は一度言葉を切った。どう切り出したものかと悩むが、こういう時はむしろ単刀直

入に言った方が良いだろうと思い、

「実は、三ヶ月分の医療費をまだお支払いいただいていないようです。急《せ》かすようで大変申し訳ありません。クリニックの振込先口座と連絡先をまとめた資料を持ってきました。お手数ですが、ご対応をお願いできないでしょうか」

慎は一息に言った。

明子はどこか虚《うつ》ろな目で慎を見つめたあと、ゆっくりと口を開いた。

「お金は払えません」

耳を、疑った。

「――え？」

明子はぼそぼそと言った。

「数年前に仕事を辞めて、母の介護を始めたんです。こんなに長引くとは思ってなかったので」

「……はい」

「もううんざりなんです。今はとにかく、何も考えたくないんです」

明子は独り言のような声音で、ぼそりと言った。

「し、しかし。診療を受けたわけですから、そのお金は払っていただかないと」

明子は底暗い目で慎を見据えた。

「でも、頼んでもいない検査をしたり薬を出したりしたのはそちらですよね？」

慎は絶句した。明子は吐き捨てるように言った。

「晩年の母はひどいものでした。食事は好き嫌いが激しい上にすぐ吐くし、毎日のように漏らしたうんちの掃除をしました。それなのに、認知症で怒ってばかりで感謝の言葉もない」

明子は深くため息をついたあと、

「――もっと早く死んでくれれば、こんなに嫌いにならずに済んだのに」

慎は目を見開いた。「とにかく」と明子は続けた。

「お金の支払いは無理です。少なくとも今すぐには。……お引き取りください」

言うや否《いな》や、玄関の扉が閉まった。慎は吹き荒《すさ》ぶ雨に晒《さら》されながら、呆然《ぼうぜん》とその場に立ち尽くした。

その時、スマホが震えた。見ると、高柴から電話だった。

「……なんだ」

『市馬明子さんと話せましたか？』

慎は目を泳がせた。少しの沈黙ののち、

『話せたみたいですね。医療費の支払い拒否をされたんじゃないですか？　余計なことをしやがって、とも』

「……見ていたのか？」

『容易に想像できるということです。市馬明子は介護疲れが目に見えていました。親子仲も良好とは言えない。……こういう結果になるのは、簡単に予想できたはずですよ』

電話口の向こうで、高柴が鼻を鳴らした。

『岩崎さんは気付けなかったようですが。あるいは、気付こうとしなかったとか？』

高柴の辛辣《しんらつ》な言葉にも、今は反論の術《すべ》がない。慎の前髪から、ぽたぽたと水滴が滴《したた》っている。

『で、どうします』

「なんの、ことだ」

『分かってるんでしょう。市馬家はもはや不良債権と化しました。裁判に持ち込んで回収するという技もありますが、まあ手間や費用を考えるとどのみち赤字ですから、お勧めしません』

高柴は続けた。

『さらに、岩崎さんは査定で切られた診療行為もあったでしょう。市馬家だけでも結構な赤字を出したはずです』

高柴の刺すような言葉。慎は視線を足元に落とした。

『言ったはずです。優先順位を間違えないでください、と』

高柴は平坦《へいたん》な口調で言った。

『とりあえず、戻ってきてもらっていいですか？　今後の経営方針について相談しましょう』

「……ああ」

慎はやっとの思いで言葉を絞り出した。肩を落として車に戻る最中、

「高柴さん」

『なんですか』

「僕が甘かった。……今までのやり方じゃダメだ。力を貸してくれ」

悔しかった。収益が改善したと思ったらすぐにこんな事態になってしまったことも、自分の誠意が患者には通じていなかったことも。

自分の医療が、独りよがりでしかないことを突きつけられた気分だった。

電話口の向こうで、高柴が嘆息した。

『――巻き返しの余地はあります。作戦を練りましょう』

「ああ」

慎は領き通話を終了した。車に戻り、アクセルを踏み込む。

ワイパーが窓ガラスを拭《ふ》く音を聞きながら、砕けそうなほどに強くハンドルを握った。

第三章　医療と経営

「では、お大事にしてください」

いわざき内科クリニックの診察室で、慎はそう言って患者を見送った。そろそろ米寿を迎える女性で、安定した高血圧症の患者なので診察も手短に済んだ。随分慎を気に入ってくれているらしく、

「先生ありがとうございました。またよろしくお願いします」

何度か頭を下げてきた。

「そうだ、先生。今年の冬にはお歳暮を贈りたいのだけど、ここの住所で良いかしら」

「いえ、そんな。気を遣わないで大丈夫ですよ」

「遠慮なさらないで」

「すみません。それならありがたく」

老女は最後にもう一度一礼したあと、診察室を出て行った。

高柴一香がいわざき内科クリニックにやってきて、半年が過ぎようとしていた。日差

しが強くなり、窓の外には入道雲が立ち昇る中、いわざき内科の様相も少しだけ変化を見せていた。

（今年の二月は一日あたりの平均来院患者数が五・〇人だったのに対して……先月は二十八・四、今月はここまで三十・二。確実に増えてきている。しかも、一般的には患者が減ると言われる夏でこの数字だ）

グーグルの口コミも改善してきている。最近、明らかにいわざき内科クリニックの外来は賑《にぎ》わいが出てきている。この後も何人か予約が入っているはずだ。これまで溜《た》まった負債を帳消しにできるほどの患者数ではもちろんないが、そうは言っても大きな進歩である。何より、慎を慕ってくれる患者の笑顔がこれまで以上にありがたく感じる。

（あんなことがあったしな）

――お金は払えません。

市馬家の記憶を苦々しく思い出す。あの一件以来、慎は経営に関しては高柴の意見をなるべく容《い》れるようにしていた。

医療と経営は違う。気づいてみれば当たり前の事実だった。

「岩崎さん」

診察室に高柴が顔を覗《のぞ》かせる。

「例の看護師の応募。断りました」

「え。いいのか？」

患者数の増加に伴い、いわざき内科クリニックも人手が欲しくなってきている。特に採血などの医療行為は看護師、もしくは医師の資格がないとできないため、現在慎が一人で回しているのが実情だ。高柴はそういう雑務は一切手伝ってはくれない。

クリニックの経営が極め付けに悪かった時、看護師を含むスタッフの一斉退職が発生している。今のいわざき内科クリニックには看護師資格を持つ人物がいない。

そのため、看護師の求人を先日から出していた。幸い一件応募があったと聞いているが、

「知人のツテをたどって確認したところ、何度か職場で人間関係のトラブルを起こして退職しています。勤務態度も不良だったと。雇ったところでデメリットしかないでしょう」

「そんなことまで広まっちゃうんだなあ」

「狭い世界ですから」

高柴は顎《あご》に手を当てた。

「とはいえ、看護師自体は絶対に必要です。なんとか優秀な人材を確保したいですが……」

少し考えます、と高柴は言い残して去っていった。慎は診察室の椅子《いす》に腰掛け直す。

（看護師、ねえ……）

高柴に言われるまでもなく、クリニックの経営に看護師は必須《ひっす》だ。採血や心電図、発熱患者の診療などは一人で回しているとあっという間に時間が経《た》ってしまい、医者一人で切り盛りするのは厳しい。その結果、「本当はこの人今日採血したいけど……時間ないから次回に回そう」などと診療の質が落ちているのが実情だ。

どうしたものかな、と慎は頭をかく。ふと時計を見ると、

「うわ。急がないと」

いつの間にか時間が経っていた。まだ待合室に患者が待っている。慎は慌《あわ》てて電子カルテに向き直った。

金曜夜の立ち飲み居酒屋は賑わっていた。雑然とした店内の奥、木製のカウンターに肘《ひじ》をついて焼き鳥とビールを食《は》んでいると、

「悪い、待たせたな」

「とんでもありません。お疲れ様です、真藤《しんどう》先生」

慎は振り返り、ぺこりと頭を下げる。やってきたのは、髪を短く刈り込み精悍《せいかん》な顔立ちをした男だった。

真藤岳道《たけみち》との出会いはずいぶん昔に遡《さかのぼ》る。慎は大学では水泳部に所属しており、真藤

は三学年上の先輩だった。目立たない学生で大会でも補欠止まりだった慎に比べ、真藤は主将まで務めていた。

部員からも慕われる人望の持ち主だった真藤は、卒業後はそのまま医局に入って出世街道を足早に進み続けている。噂《うわさ》では、この若さですでに来期からは准《じゅん》教授に昇進する話もあるらしい。

「悪かったたな。急に呼び出して」

真藤は慎の隣に立ち、焼酎《しょうちゅう》と焼き鳥を注文した。程なく運ばれてきた酒を傾けながら、

「お前がどうしてるのか気になってな。……どうだ、クリニックのほうは」

慎は身をこわばらせた。坂崎の爬虫類《はちゅうるい》のような笑みを思い出す。

――長谷川先生に言われてるのよ。いわさき君には患者回すな、って。

高柴の発案で訪問診療を始めてから、いわざき内科クリニックの患者数と収益は若干の増加を見せた。だが、銀行からの借入金の返済期限もあることを思うと、「多少マシ」になった程度の収支では今後の見通しは暗いままだ。洒落《しゃれ》にならない大赤字が多少マシになった、という程度でしかない。依然として経営はシビアな状態だ。

このままでは、早晩クリニックは潰《つぶ》れる。その状況に変わりはなかった。

「厳しいですね」

慎は率直に伝えた。

しばし、沈黙の帷《とばり》が下りる。真藤と慎は黙って酒を口に運び続けた。ややあって、

「なあ、岩崎。仕事は、好きか？」

「え……」

唐突な質問だった。意図を測りかねて真藤の顔を見ると、

「その。もし、なんだが」

真藤はおずおずと言った。

「お前が大学に戻る気があるなら、長谷川教授に連絡を取ってみるのはどうだ」

慎は目を瞬《しばたた》かせた。真藤は続けた。

「教授はハッキリ言ってお前を嫌っている。しかし、見捨ててはいないはずだ」

「何を……根拠に」

絞り出すような慎の質問に、真藤はすぐには答えなかった。真藤は酒をあおり、わずかに顔を赤くして、

「うちの科で、ちょうど助教の先生が一人、市中病院へ出ることになっている。その枠に滑り込めれば……」

慎の心臓が脈打つ。予想もしていなかった話に、思わず息を呑《の》んだ。

「下働き時代と違って、助教になれば給料はきちんと出るし、部下も増える。以前よりは楽に働けるはずだ」

慎は悩んだあと、かろうじて返事を絞り出した。

「しかし、その場合は……。クリニックは畳むことになる」

「そうだな」

真藤は頷《うなず》いた。

「なあ、岩崎。俺はお前を買っている」

真藤が慎の目をのぞき込んだ。

「確かにお前は人付き合いが下手だ。しかし、医療への真摯《しんし》さはある。医学への適性も」

居酒屋の中は喧騒《けんそう》に包まれている。その中で、真藤の声だけがはっきりと聞こえた。

「大学に戻れば、市中では到底見ることのできない貴重な症例に出会える。患者を診ずして医者の成長はない。一介の開業医だと、複雑な疾患を治療する機会はなかなかないだろう」

慎は唇を嚙《か》んだ。そののち、ゆっくりと頷く。

「大学病院に残る医者というのは、往々にして政治家だ。医局人事への根回し、教授選のコネ作り……。それが無意味とは言わない。組織である以上は、どうしても政治はついて回る。だが医者としての本分を忘れてはいけないと、俺は思う」

岩崎、と真藤は呼びかけた。

「戻ってこないか」

しばし、慎は黙って考え込んだ。

真藤の提案は魅力的だ。大して儲《もう》かりもしない、というより赤字を垂れ流すばかりのクリニックはさっさと畳んで、大学に戻る方が堅実だ。給与も悪くなさそうだ。

（……だが）

いわざき内科クリニックは、閉院する必要がある。

慎は目を閉じた。長い逡巡《しゅんじゅん》を経て、ゆっくりと首を横にふる。

「……お気遣いありがとうございます。しかし、今はまだ、クリニックを頑張りたい」

真藤は「そうか」と寂しげに呟《つぶや》いた。追加の酒を注文し、

「気が変わったらいつでも声をかけてくれ。俺はまだまだ大学勤めが長そうだからな」

と小さく笑った。

「ありがとうございます」と辛うじて返したあと、慎はビールのグラスを握りしめた。


昼休み。慎はソワソワと待合室で白衣の襟を直したり髪を整えたりしていた。白衣の襟がボロボロにほつれているのを見て、そろそろ買い替えた方が良かったかなと後悔するも、今更遅い。江連が冷やかすように言う。

「テンパり過ぎですよ、先生。キンチョーするのは分かりますけど」

「うるさいな」

先日、高柴の紹介で看護師からの応募があったのだ。なんでも看護師歴五年目の若手でありながら、都内の急性期病院で修行を積んでおり一通りの重症疾患の看護経験もある、という人物らしい。喉《のど》から手が出るほど欲しい人材だ。

「なんとしても雇いたい。うちは看護師がいないし……」

「ま、私は最低限コミュニケーションが取れれば良いっすよ。できれば仕事を押し付けられるとよりベター。あと、一緒にタバコ吸いながらダベれる人」

江連は勝手な意見をほざいている。

折しも、いわざき内科クリニックのガラス扉が引き開けられる。慎は背筋を伸ばした。

入り口に立つ人物は、リクルートスーツ姿の若い女性だった。ざっと二十七、八歳《うま》というところだろう。顔の彫りが深くて眉《まゆ》が濃く、理知的な印象を与える。化粧も上手く、相当に整った顔立ちをしていて、これならモデルと言い張ることもできそうだ。

「あ、初めまして。院長の岩崎です。今日はよろしく」

ぺこりと頭を下げる慎。来訪した美人はほんの少し目を丸くしたあと、くすりと笑った。慎は首を傾《かし》げる。何か変なことを言っただろうか。

美人は口を開いた。

「初めましてじゃないですよ。センセ」

「え……」

目を見開く慎。だが、言われると確かに、目の前の女性には妙な既視感がある。

（一体、どこで……？）

その時、慎の背後に立つ高柴が声を上げた。

「面接の開始予定時間は二分前に過ぎていますが」

「相変わらず一香は几帳面《きちょうめん》だねえ」

「あなたがいい加減すぎるんです」

そのやりとり。飄々《ひょうひょう》とした喋《しゃべ》り方。慎の脳裏に蘇《よみがえ》ったのは、

――マキナです。よろしくお願いします。

「あ！」

思わず声を上げる。スタッフたちがぎょっとしたような顔をして慎を見る中、美人
――もとい、

「久しぶり、センセ」

マキナはしてやったりとばかりに歯を見せて笑った。

気づいてみればどう見ても同一人物だ。だがあの時は派手なワンピースに身を包んで
いたし、化粧も今よりは濃かった。そのため一見しただけでは分からなかったのだ。

「前にセンセに会って、この人とだったら働きやすそうだなあって思って」

「君、看護師だったのか」

江連たちスタッフが不思議そうに慎を見ている。

「先生、お知り合いですか」

「知り合いというか。まあ」

キャバクラで知り合ったんだよね、とはなかなか言いづらい。まごまごしているうちに、高柴が眼鏡の位置を直しながら言った。

「さっさと業務の説明を始めましょう。時間がもったいないです」

マキナを奥の診察室へと促す高柴。

「定時は朝九時から夕方六時。勤務時間はタイムカードで管理します。月・水・金の午後は訪問診療に充《あ》てていますので、同行をお願いすることもあると思います。あと……」

滔々《とうとう》と説明を続ける高柴。慎は慌てて制止した。

「いや、まだ雇うと決めたわけじゃ」

「能力は私が保証します。どうせ求人出してもこんな弱小クリニックに応募なんてそうそうないんですから、さっさと決めてください」

相変わらずの直截《ちょくせつ》な物言い。慎は言い返せず、呆然《ぼうぜん》とその場に立ち尽くした。診察室の方へと歩いていく高柴とマキナ。

「ま、待ってくれ。マ――」

マキナと呼びそうになり、口をつぐむ慎。マキナがすっと後ろを振り返る。

「社木真那《やしろぎまな》です」

「は？」

「私の名前ですよ」

マキナ、もとい社木は慎の耳元に口を寄せた。

「よろしくお願いしますね。センセ」

そう言って、社木は小さく笑った。

＊＊＊

高級ホテルの高層階、味も夜景も一流と評される鉄板焼き店のカウンターに、一人の男が座っている。初老、顔には皺《しわ》が刻まれ白髪が目立つが、一方で脂《あぶら》ぎった肌やぎらついた視線には精力が溢《あふ》れている。彼は隣に座る女の肩に手を回し、

「ジジイになると、サーロインよりフィレの旨《うま》さが身に染《し》みるよ」

そう言って肉を一口で頬張った。派手なワインレッドのワンピースを着た女は、「もう。先生」と言って男の手に手のひらを重ねた。

男の名は新宿区医師会会長・坂崎茂仁。ポロシャツにチノパンとラフな格好だが、みすぼらしさはない。実は大変な高級品しか身につけていないこともさることながら、本人も大柄で他人を圧倒する威圧感がある。

「っと。電話だ」

坂崎は胸ポケットからスマホを取り出し、表示された名前を見て下唇を突き出した。

「長谷川先生か。無視もできんな」

嘆息して通話ボタンを押す坂崎。響いてきた声は、

『……坂崎か』

永応大学教授、長谷川榮吾だ。

二人は同じ永応大学病院総合診療内科の医局出身であると同時に、大学時代の先輩と後輩の関係だった。坂崎はおどけた口調で言う。

「先生から電話をもらえるとは。どういう風の吹き回しです？」

『近況を知りたい』

「ああ。はいはい」

坂崎は苦笑した。

「お陰様で繁盛《はんじょう》してますよ」

坂崎は歯を見せて笑った。

「最近じゃ、医学より経営が面白くてね。若い医者を雇って系列クリニックの院長にして、上納金を集める。これがまたえらい儲かりましてな――」

『くだらん金儲けの話はいい。私が訊《き》いているのは、そこではない』

長谷川が不機嫌な声を出す。坂崎は肩をすくめた。この昭和の医者の典型のような男は、医療と金儲けを結びつけて話すことをひどく嫌っていた。

『……例の男の件だが――』

相槌《あいづち》を打ちつつ、坂崎は内心で鼻を鳴らした。

（そんなに抜けた医局員の方が気になるってわけか。とことん権力者ですな）

心中で舌を出しつつも、坂崎は愛想の良い声で答える。

「以前先生と話した若造ですか。ええと、名前が出てこない……」

『岩崎だ』

「そう。いわさき、君」

坂崎はワインを呷《あお》った。

「言われた通り患者を回さないようにしたんですが、訪問診療に手を出したようで。最近はそれなりに患者も来てるようですよ」

『……そうか』

「すぐに潰れるかと思いましたが、案外保《も》ってますすね」

酒で顔を赤くし、坂崎は続けた。

「良い医療コンサルタントもついているようです」

『医療コンサルタント？』

「ええ」

『ほう。誰だ』

坂崎は顎をぼりぼりと掻《か》きながら、

「私も噂に聞いた程度ですがね。なんだったかな、えっと……。高柴、だったかな」

『高柴？』

長谷川が怪訝《けげん》そうな声を出す。「おや」と坂崎は首を傾げた。

「心当たりがお有りで？」

長谷川は答えなかった。電話口の向こうで、深いため息が聞こえる。

『なんでもない。そうか、岩崎先生のところに……』

苛立《いらだ》ち混じりの低い声で、長谷川は言った。

『ああいう若手が、大した修行も積まずに開業して低質な医療を撒《ま》き散らす。日本医療の質の低下は、医師免許さえあれば誰でも開業できてしまう制度の欠陥が問題だ』

「先生、昔からそれ言ってますもんね」

坂崎はニヤリと笑った。

「安心してください。あの若造の景気が良いのは今だけですよ」

『ほう？』

「最近、開業医仲間たちからも不満の声が上がってましてね。ろくに医師会にも挨拶《あいさつ》に来ないいわさきとかいう若手が、医療圏《シマ》を食い荒らして患者を奪っていくから困ると」

　長谷川が低い声を出す。

『何か仕掛ける気か』

「仕方ないでしょう？　他の開業医仲間からなんとかしてくれと言われたら、私としては動かざるを得ない」

　坂崎はどかりと椅子に座り直した。

「何も馬《ば》鹿《か》正直に患者を取り合う必要はない。いわさき君には、開業医の寝技を味わってもらうとしましょう」

　坂崎はくつくつと笑った。底の知れない、不気味な笑いだった。

＊＊＊

　外来患者の診察を終え、慎は深々と息を吐いて椅子にもたれかかった。

「ふーっ……。疲れたあ」

本日の外来数は午前午後合計で五十人を超えた。去年の夏頃はせいぜい一人か二人だったことを思うと、大きな改善である。

脱力して天井を眺めていた慎だが、背後でパンと手を叩《たた》く音が聞こえる。

「サボってないで、今日の診療報酬明細書《レセプト》早く確認してください。これを終えるまでが仕事ですよ」

「うへえ……」

慎は頭を抱えた。高柴が言っているのは、今日いわざき内科クリニックで行った医療行為が「保険診療として認められる基準を満たしているか」を確認しろ、ということである。

「診療報酬明細書《レセプト》が通らず査定されたら丸損です。多少の儲けなんて吹っ飛びますよ」

「そういえばこの前、間違って二ヶ月連続でHbA1c《糖尿病マーカー》測っちゃったんだよなあ……」

「そういう時は患者の病名をでっち上げてください、何度も言っているじゃないですか。とりあえず、その人には二型糖尿病になってもらいましょう」

「それって医療者としてどうなの？」

「査定なんて通した者勝ちですよ」

そりゃそうかもしれないけど、と慎はパソコンの前で頬杖《ほおづえ》をつく。

山のような紙の束とエクセルファイルに目を通していると、疲れもあってか眠気が頭をもたげてきた。

「患者さん、増えてきましたねぇ」

隣の部屋で作業をしている江連が嘆息した。慎は頷く。

「ありがたい話ではあるが……。少し忙しくなってきたな」

煎餅《せんべい》をボリボリ齧《かじ》りながら江連が、

「勘弁してくださいよ先生、あたしはこのクリニックのほとんど仕事ないのにちゃんと給料払ってくれるところが好きだったんです。これじゃ普通のクリニックですよ」

「それ経営者の前で言うか？」

とはいえ、と慎は黙考する。相変わらずトータルで見れば赤字の状況ではあるものの、この一ヶ月に限ればついに黒字に転じている。まだぬか喜びの可能性もあるため、大きな声では言っていないものの、慎は飛び上がらんばかりに嬉《うれ》しかった。

(このままいけば、経営を軌道に乗せられるかもしれない)

数ヶ月前は絶望しかなかった状況に、徐々に光が見えてきていた。慎の隣に座る高柴が声をかけてくる。

「岩崎さん。前に話した件――高田馬場への移転の話ですが」

「ああ」

慎は頷いた。先日、高柴は慎にとある提案をしてきたのだ。「いわざき内科クリニックを移転しないか」と。

無論、引っ越しには金がかかる。慎重な運搬を要する医療機器となれば尚更《なおさら》だ。だが、

「現在のいわざき内科は訪問診療、外来診療ともに患者層は高田馬場周辺がメインで、わざわざ電車を使って通っている患者が大半です。一方、新宿周辺は既存のクリニックに根こそぎ刈り取られているせいで新規患者は一向に増えない。この場所は地の利に欠けます」

高柴の言に、慎はしかめ面《づら》をして唇を噛んだ。

本来、クリニックの診療圏は半径一キロメートル圏内が目安と言われる。だが今のいわざき内科クリニックは周辺を既存の有名病院・有名クリニックに押さえられてしまい、地元の患者にはほとんど使われていない。一方で訪問診療を契機に口コミが広まった高田馬場周辺の年寄りたちがわざわざ車や電車で通ってくれているという、チグハグな状況が生じていた。

どのみち集患を期待できない新宿で粘るよりも、すでに地盤ができつつある高田馬場に確実に拠点を作りにいくべきだ。高柴の主張は、要約するとそういうことになる。

（しかし、ここは……）

慎にとって、この建物は単なる仕事場というだけではない。祖父から引き継いだ思い出が詰まっている。手放すのは抵抗があった。しかし、こういう時に合理的な判断を下

せなければ痛い目を見る、ということも慎は理解していた。

慎はぽりぽりと頭をかいた。

「もう少し時間をくれ。予算の見積もりも見てみたいし、それなりに大きい決断だ。しっかり考えたい」

高柴は何か言いたそうだったが、最終的には、

「……わかりました」

と頷いた。

仕事を続けることしばし。高柴が「お」と声を上げた。慎は尋ねる。

「どうした？」

「先日、いわざき内科クリニックのXとInstagramのアカウントを開設したのですが」

「そんなものを作ったのか？　恥ずかしいな……」

「何を言ってるんですか。今時の若者はクリニックの良《よ》し悪《あ》しをSNSの口コミで判断します。SNSでの広報は重大な業務ですよ」

高柴はパソコンの画面を慎に向けた。『いわざき内科クリニック　一般内科、内分泌・糖尿病内科』という名前のアカウントが表示されている。アイコンは先日撮ったクリニックスタッフの集合写真だった。

「フォロワー、ほんの少しですが増えてます。良い傾向ですね」

見ると、フォロワー数は五十人。SNSに疎《うと》い慎にはイマイチ実感が湧《わ》かないが、こんな特徴のない弱小クリニックをフォローしてくれている人が五十人もいるというのは素直に嬉しい。

「患者さんからの声も届いてますよ。ホラ」

高柴がメッセージ欄へと表示を切り替える。

先日は丁寧な診察をありがとうございました。応援しています。

たかの／育休中　@everstein_takano

ここの先生、すごく感じ良い。オススメ！

長谷川理恵　@Lie_Mikishiba43Forever

院長はちょっとコミュ障だけど優しい人です

アニエス　@Senli_AnihEs0201

どうやら、いわざき内科クリニックを受診してくれた人たちの応援メッセージらしい。

知らず目頭が熱くなり、慎は慌てて下を向いた。

「こういう口コミは後でジワジワ効いてきます。大切にするべきですよ」

「……ああ」

慎は深く頷いた。

その後も仕事をこなすことしばし。ようやく書類の山を片付け、慎は席を立つ。

「岩崎さん。この後時間ありますか。今後の集客プランについて打ち合わせを――」

「すまない。明日の朝に回させてくれ」

慎は鞄《かばん》をつかみ、ジャケットを羽織った。

「今日は大事な用事がある」


本日の岩崎家は陽奈の誕生日パーティーだった。早いもので今年はもう高校生である。

「せっかくだから良いところでご飯を食べよう」

久々の妹とのデートで、慎は張り切って高級ホテルのレストランを予約した。一方本日の主役たる陽奈はいつも通りの半袖《はんそで》パーカー姿で、

「ま、大騒ぎするほどのことじゃないでしょ」

とコメントした。我が妹ながら淡泊なやつ、と慎は苦笑いした。

「今日の料理はファミレスとはちょっと違うぞ。楽しみにすると良い」

「お肉なんてどれも一緒じゃないの？」

陽奈はスマホから視線を外さないままに言った。だがしばらくして料理が運ばれてきて、バルサミコソースのかかった薄切り牛肉を一口食べると、

「…………ん！」

ぱっと顔を輝かせる。もきゅもきゅと前菜を食べ続ける陽奈。どうやらすっかり気に入ったらしい。

昔、先輩医師が言っていたことがある。歳《とし》を取ると、自分が美味しいものを食べるより、家族に美味《うま》いもの食べさせる方が楽しい、と。当時はそんなものかと思いながら聞いていたが、今になってその意味がわかった。大変に嬉しそうに肉を食べる陽奈を眺めるのが面白くて、慎は良い気分でワインを喉に流した。

「高校には慣れたか」

「まあね。校則緩いし、中学より楽だよ」

陽奈は頷いた。折しもメイン料理の肉が運ばれてくる。スマホで料理の写真をパシャパシャと撮っている。慎は呆《あき》れて言った。

「そんなに写真を撮ってどうするんだ」

「後でインスタとXに上げようと思って。超美味しいし」

ようやく納得のいく写真を撮れたらしい陽奈は、ご満悦の顔で肉を口に運んでいる。

「フォロワー増えたからね。定期的に投稿しておかないと」

「なんだ、そんなに熱心にSNSやってるのか」

慎は小さく眉を下げる。

「大丈夫なのか？　変な個人情報、間違えてアップロードしないようにしろよ」

「分かってる」

陽奈はあまり深刻に考えてはいなさそうな口ぶりだ。「インターネットへの書き込みには注意しましょう」とことあるごとに言われてきた世代である慎としては心配が募るものの、まあ今時の若者はこんなものかもしれないなと気を取り直す。

「陽奈、デザートはどうする」

「んー……。クレームブリュレ。あと、クリームソーダ」

「こんなところにあるか？　クリームソーダ」

一応聞いてみるか、とウェイターに尋ねてみる。やや戸惑った風ではあったが、一応用意はできるらしい。じゃあそれで、と慎は頷く。

クリームソーダを堪能《たんのう》している陽奈を眺めながら、慎は物思いにふけった。

（大きくなったなあ）

陽奈が生まれたのは慎が高校に入ったばかりの頃で、歳はかなり離れている。両親とも早くに亡くなってしまったから、陽奈は慎にとっては妹であると同時に娘のような存在でもあった。同級生たちが派手な飲み会や合コンに精を出す中、大学に通いながら陽奈の学童にお迎えに行ったり、小学校の行事に参加したりした。

祖父の助けもあったとはいえ、歳の離れた妹を育てる不安と不満が全くなかったわけではない。友達があんなに遊び倒しているのに、なんで僕だけ――。そんな風に悩み、頭を抱える日もあった。

しかしこうして大きくなった陽奈を眺めると、この子が健やかに育ってくれて良かったと心から思う。

感慨に耽《ふけ》っていた慎だが、唐突に胸ポケットのスマホが震える。表示は『いわざき内科クリニック』。時刻は八時、とっくの昔に業務は終わったはずだ。慎は怪訝に思いつつ通話ボタンを押す。

「もしもし」

『あ、先生？　江連です、こんな時間にほんとすみません』

事務員の江連の声。

『実は今、ちょっと大変な状況になってて……』

「大変な状況？」

眉を顰《ひそ》める慎。電話口の向こうで江連は続けた。なんでも今日の来院患者の会計を確認し終わり、ちょうど帰ろうと思ったところでクリニックのインターホンが鳴ったらしい。

『別のクリニックからの紹介で来た患者さんだったんですけど、こんな時間じゃないですか？　さすがに明日以降にまた来てくれって言ったんですけど――』

その時、江連の声にかぶせるように、電話口の向こうから怒鳴り声が聞こえてきた。

『おい！　いつまで待たせんだよ！　こっちはわざわざ来てやったんだ、早くしろ！』

耳鳴りがするほどの大音量だ。江連は呆れたように言った。

『——聞いての通りでして』

「参ったな」

慎は額をかいた。

「緊急性はありそうなのか」

『全ッ然。痛風の薬をDo《ドウー》処方でもらってるだけですよ』

「それなら救急外来を案内するのも筋違いだな……。なんとかお帰りいただくしかないが」

再び電話口の向こうから罵声《ばせい》が聞こえる。

『ふざけんなよ、いい加減にしろ！　仕事あんだよこっちは！　院長出せコラ！』

勘弁してくれ、と慎は天を仰ぐ。だが一方で、ここまでヒートアップした患者の対応は江連たちだけでは荷が重いのも確かだ。慎は深々とため息をついたあと、

「……今から行く。多分、三十分くらいで着く」

『マジすみません。私も頑張って説得しとくんで、うまく帰せたらまた連絡します』

「頼む」

通話を終了する。慎はゆっくりと立ち上がり、

「すまない。クリニックでトラブルらしい、今から行ってくる」

「こんな時間に仕事？」

陽奈が非難の目を向けてくる。

「お兄、仕事好きすぎでしょ」

「すまない」

陽奈の方が正論だ。だがそうは言っても、クレーム対応は初手を間違えると禍根を残す。陽奈は諦《あきら》めたように深く息を吐き、

「お詫《わ》びに今度プレゼント買って。欲しいマニキュアがあるの」

「分かった」

慎は妹に頭を下げ、レストランを後にした。

なんとか患者を宥《なだ》めすかし帰ってもらうまでには数時間を要した。患者は五十歳くらいのよく太った男で、去り際《ぎわ》に、

「こっちは客だぞ⁉　もっと働けタコ！」

とチンピラのような捨て台詞《ぜりふ》を残して去って行った。ぐったりとして診察室の椅子に座る。

「いや先生、ほんとすみません。あたしらだけでなんとかしようと思ったんですが、院長出せって聞かなくて……」

江連が申し訳なさそうな顔をして頭を下げる。ここに来るまでの道中では「僕は妹の誕生日パーティーの最中だったんだけどね」と嫌味の一つでも言ってやりたい気分だった慎だが、江連たちの憔悴《しょうすい》した様子を見ると、とても責める気持ちにはなれなかった。

「ああいうモンスター・ペイシェント、どうにかならないんですかね」

江連が頭をかく。慎はため息をついた。

「あの手合いはどうしてもたまには出てくる。交通事故みたいなものだ、受け流すしかない」

「でもあの患者、今後は定期的にうちに通うつもりみたいですよ」

「ええー……」

思わず呻《うめ》き声が漏れる。江連は机の上に置かれた封筒を手に取り、ひらひらと振った。

「ほら。紹介状持ってきてますよ」

差出人を見て慎は眉をひそめる。

(坂崎先生からか……)

坂崎やその傘下《さんか》の医者たちは、普段は露骨にいわざき内科クリニックへの紹介を避けている。慎の患者数が増えないようにするための策略だろう。その坂崎がわざわざ紹介

してきたということは、

（何か、トラブルでも起こしたんだろうな）

体《てい》の良い厄介払いというところか。渋面を作りながら紹介状を見る。

『平素よりお世話になっております。Pt は五十三歳男性、高尿酸血症に対して加療している方です。今回貴院受診を希望されました。どうぞご加療のほど、よろしくお願い申し上げます』

ごくごく簡素ではあるが、歴《れっき》とした紹介状だ。他のクリニックとの関係性も大事だし、紹介患者は無碍《むげ》にはできない。参ったな、と慎はぽりぽりと頭をかく。

「……まあ、落ち着いた病状の患者だったら三ヶ月に一回の診察で十分だ。なんとか信頼してもらえるよう、頑張るしかないだろう」

「いやァ。綺麗事《きれいごと》じゃないですか、それ？」

江連が口をへの字にする。

「あの手合いは人の話そもそも聞く気ないですよ。信頼関係とか無理ですって」

慎は反論できず、曖昧《あいまい》に頷いた。どこかしらけた空気の中、江連は「お疲れ様です」と言ってクリニックを後にした。

この時はまだ、事態の深刻さに、誰も気付いていなかった。

翌日。いつものようにいわざき内科クリニックへ出勤した慎を出迎えたのは、顔を真っ赤にした女性患者の金切り声だった。若い女性で、化粧が濃くスカートが短い。水商売風の服装だ。

「だから！　診断書だけちゃっちゃと書いてくれればいいって言ってるでしょ！」

スタッフが数名がかりでなだめているが、患者は一向に落ち着く様子がない。しまいには受付に置いてある記入用のボールペンを引っつかみ、バンバンとテーブルに叩きつけ始めた。他にも患者が数人待合室に座っていたが、皆怯《おび》えた顔をして女性患者をちらちら見ている。

慎の顔を見て、スタッフたちがすがるような視線を向けてくる。慎はおずおずと声をかけた。

「あの。どうされましたか」

ぎらついた目で患者が慎に向き直った。怖すぎて目を合わせただけで半泣きになった。

「どうしたもこうしたもないわよ！　診断書書けってさっきから言ってるでしょ、その程度のことがなんでこんなに時間かかるわけ⁉」

女性は建物全体が震えそうな大音声《だいおんじょう》で怒鳴った。唾《つば》が少し慎の顔にかかった。

要求する診断書の内容は「喉の痛み、微熱あり、ウイルス性上気道炎の可能性がある。

数日間の自宅療養が望ましい」というものだった。これだけ元気に怒鳴れるんだから別に上気道炎でもなんでもないいんじゃないかなあと思いつつ、患者の気迫に押されて慎は診断書にハンコを押した。

その次の日には、

「ここのスタッフさんは美人揃《ぞろ》いじゃないか。いやあ良いクリニックだ」

初老の男が紹介状を手に来院したかと思うと、看護師の手を握ったり背中を撫《な》でたりとセクハラ三昧《ざんまい》で大変な騒ぎになった。

さらに別の日には、

「金は後で払うって言ってるだろ！　さっさと薬出せ！」

柄の悪い男が、診察費を払わずに処方箋《せん》を受け取ろうとした挙句にスタッフの胸ぐらを摑《つか》んで恫喝《どうかつ》し、警察を呼ぶ事態になった。

「いくらなんでもモンスター・ペイシェントが多すぎる」

診察を終えたあとは業務が終わり次第クリニックを閉めるが、その日慎は緊急のミーティングを開いた。スタッフたちの顔には度重なるモンスター・ペイシェント対応で疲弊が色濃く滲《にじ》んでいる。慎は低い声で言った。

「ここのところ、毎日モンスター・ペイシェント対応に追われている。そのせいで、通常の診療にも支障が出ている状態だ」

「私たちの診療内容が悪いんでしょうか」

社木が形の良い眉をひそめた。慎はうなり声を上げる。少なくとも慎の目から見て、いわざき内科クリニックのスタッフの態度や診療内容に問題があるとは思えない。慎自身も過不足ない診察を心掛け、最近は患者から好感を持ってもらえることが増えてきた手《て》応《ごた》えもある。

「いえ。これは別の問題ですね」

高柴が口を開いた。今日の彼女は白衣を羽織っている。慎がモンスター・ペイシェント対応で動けない中、外来患者の診察を代わりにやっていたからだ。

「ここ最近のクレームや問題行動は、ごくごく少数の患者から集中的に発生しています。こちらの診療内容に問題があるというより、問題がある患者がこのクリニックに集まってきているという見方の方が正しい」

「なんでそんなことが起きる？」

慎は苛立ちながら尋ねる。高柴はメガネの位置を直した。

「問題患者はいずれも、ここ最近いわざき内科へ紹介されてきた患者ばかりです。そして紹介元は、どこも新宿区医師会の傘下にあるクリニックばかり」

高柴の言っていることの意味が分からず、慎は首を傾げた。

「つまり……どういうことだ」

「新宿区医師会が、いわざき内科に問題患者を送り込んでいる、ということですよ」

慎は絶句した。なんとか呼吸を落ち着けながら、

「どうして、そんなことを」

「クリニック潰《つぶ》しですね」

聞きなれない単語だった。だが高柴の言う「クリニック潰し」がどういうものであるかは、慎も薄々察した。

「スタッフを恫喝して診療を妨害する患者。セクシャル・ハラスメントの常習犯である患者。診療費を踏み倒す患者。これらはいずれも、クリニックにとって生きる不良債権です」

高柴は続けた。

「この手の患者は、抱えれば抱えるだけ経営が赤字になる。いわざき内科クリニックを潰すために、他のクリニックから送り込まれてきたと考えるべきでしょう」

高柴の言っていることを咀嚼《そしやく》するために、少し時間が必要だった。慎はなんとか平静を装《よそお》いながら、

「……今すぐ紹介元に戻そう。このままうちに通院されると、他の患者さんたちの診療にまで支障をきたす」

「無理ですね。曲がりなりにも紹介状を持って受診してるんです。すでに彼らのかかり

つけはここですよ」

高柴は感心したように言った。

「妙手ですね。建前としては患者を紹介しているだけだから、なんの条例にも法律にも違反しない。自分のクリニックからは問題のある患者をヨソに押し付けられるし、その結果相手のクリニックは経営が悪化する。一挙両得の手です」

「感心してないで、対策を考えないと」

慎は八つ当たりのように言った。高柴は首を振る。

「一朝一夕で打開できる状況とは思えません。この状況を考えると、近隣のクリニックは軒並み敵に回ったと見るべきでしょう。相手はおそらく医師会の上層部です」

「じゃあどうするんだ」

高柴は目を閉じ、ゆっくりと喋った。

「……今は耐えてください。焦《あせ》って自滅することだけは避けなくては」

慎は何も言えなかった。じっとりとした汗が一筋、首筋を伝って落ちた。


いわざき内科クリニックにやってきたモンスター・ペイシェントは数多いが、その中でも特にタチの悪い、営業妨害と言うべき行いを繰り返す患者たちがいた。

一人目。セクハラを繰り返す初老の男。

高血圧、二型糖尿病で通院中であり、疾患コントロールは悪い。大量の残薬を持っているところを見ると、処方薬もまともに内服していないと考えられた。にもかかわらず彼が足繁《あししげ》くいわざわざ内科クリニックに通っているのは、

「お、江連ちゃん。相変わらず良い体してるねえ」

「……診察券ありますか」

「今晩飲みに行こうや」

「診察室にどーぞ」

お気に入りのスタッフにセクハラを繰り出すために、頻繁にクリニックに通っていると考えられた。目に余る行為に対して慎は何度も注意しているが、「センセイは固すぎるんだよ。これくらい良いじゃねえか」とまともに取り合う様子がない。

二人目。暴力沙汰《ざた》を繰り返す、住所不定の若者。

「モタモタしてんじゃねえよ。さっさとしろや！」

挨拶代わりに投げつけられる暴言と、診察台に叩きつけられる拳《こぶし》。大柄な人物で、歩くと岩が動いたような威圧感がある。何を言っても二言目には文句と暴言、酷《ひど》い時には胸ぐらを掴み上げられることすらあった。まるで異星の生命体と話しているような絶望感だった。

さらにこの男、かなり重度の喘息《ぜんそく》を患《わずら》っており、生物学的製剤の投与まで行っている

ため、頻回の通院と診察は必須《ひっす》の病状だった。単なるモンスター・ペイシェントであれば診察と診察の間隔を極限まで空けて通院回数を減らすということもできるが、病状からはそれも難しい。

三人目。適応外処方を熱望する若年女性。

近年、一部の糖尿病治療薬がダイエットに有効であるとして、若者を中心に流通している。然《しか》るべき資格を持たない者による医薬品の販売は当然のことながら違法だが、フリマサイトなどを介して流通がまかり通っているのが実情だ。すると一部の悪質な患者による転売行為——すなわち、医師によって処方された薬を売りさばく連中が出てくる。

「せんせー。糖尿病の飲み薬、出してください」

「……この間も出しましたよね」

「なくしちゃいました」

慎の前に座る患者は舌を出した。

若い女性である。二十歳を過ぎたばかりのはずだ。ピンクと黒を基調にした、ひらひらした装飾の多い服を着ている。会話をしていると、時折舌のピアスがちらりと覗《のぞ》いて銀色に光った。

橋爪《はしづめ》詩《し》衣《い》那《な》という名前の患者だ。十三歳で若年発症成人型糖尿病《MODY》——遺伝性の糖尿病を発症し、内服と注射薬を併用して治療に当たっている。

「法律で一ヶ月に出せる薬の目安は決まっています。これ以上は――」

「自費なんでしょ？　いーよいーよ、お金出すから。その代わりいっぱいちょーだい」

橋爪はあっけらかんとした口ぶりで言った。慎はいよいよ渋面を深くする。

しばし悩んだ後、慎は電子カルテの端末を操作し、前回の処方をコピーした。プリンターから吐き出された処方箋に印鑑を押し、

「来月分まで、最低限の量だけを出してあります。言うまでもありませんが、橋爪さん自身が、使ってくださいね」

「はーい」

おざなりな返事をして処方箋を受け取る橋爪。用は済んだとばかりに診察室を出ていく橋爪を、慎は渋々見送った。

「あれは薬転売してますね」

診察室に入ってきた江連は、診察台の上に座って足を組んだ。慎は尋ねた。

「なんで分かる」

「さっき外でお友達と電話してるのが聞こえましたよ。また痩《や》せ薬ゲットできそうだから、一錠三百円、シートで二千五百円でどう、って」

慎は思わず膝《ひざ》から崩れ落ちそうになった。先ほど自分自身のために薬は使うようにと

念を押したばかりでこれか、と天を仰ぎたくなる。

「もう今後はウチでは診ないって言ったらどうです？　ただでさえ、あの人以外にも問題患者がたくさん来てて困ってるんですし」

「しかし、橋爪さん自身の治療に必要な薬であることも確かだからなあ……」

橋爪自身は歴とした遺伝性糖尿病患者であり、薬による治療は必須だ。慎はここ最近の血液検査の結果をにらみながら、

「橋爪さんのＨｂＡ１ｃ《ヘモグロビン・エーワンシー》の値、全然良くならないんだよな……。あの人まさか、薬を売って自分は飲んでないんじゃないのか」

「紹介状にもそんなこと書いてありましたね」

「ああ、これか」

慎は苦々しい気持ちで、机に置かれた紙を取り上げた。橋爪のかかりつけ医だった医者からの紹介状だ。ごくごく簡単な病歴を記載したあと、

『※やや服薬アドヒアランス不良の患者です。留意ください』

と末尾にこっそり書かれていた。服薬アドヒアランスとは、患者がどれくらいきちんと薬を使っているか、という意味だ。

認知症や手足の拘縮の影響で内服がうまくできない患者は慎も何人か診たことがある。

だが、処方された薬を他人に売り捌《さば》いて肝心の自分は飲んでいない、というパターンの

患者は初めてだ。

　江連は肩をすくめて、

「前の病院から紹介されてきたのも、大方本格的にトラブルになる前に押し付けようって魂胆ですよね。医薬品の転売は犯罪ですし、そのうち逮捕されるんじゃないですか？　あの人」

　江連は机をアルコール綿で磨きながら、

「いっそ警察に通報しちゃったらどうです？　逮捕されたら、あとは警察が良きようにやってくれるでしょ」

「いやしかし、あの人自身にも治療が必要なのは確かだ。もし逮捕なんてことになったら、外来治療はいったん中断になる可能性がある。それは危険だ」

　江連はじろりと慎をにらんだ。

「先生。お人よしも大概にしてくださいよ」

　ドスのきいた声だった。いつも飄々《ひょうひょう》としているが、今日は珍しく苛立っているようだ。その原因は考えるまでもない。ここ最近のモンペ対応で、最も矢面に立って戦っている者の一人が、江連だった。

　かろうじて、

「……分かってる」

その言葉だけを捻《ひね》り出し、慎は逃げるように電子カルテの画面へと顔を向けた。

高校に上がって以来、妹の陽奈は帰宅時間が遅くなった。軽音部に入ってボーカルをやっているとのことで、練習で忙しいようだ。確かに昔から歌は上手《うま》かったと記憶している。

自宅のマンションでエレベーターを待っていると、ばったり制服姿の陽奈と出くわした。

「あ、お兄」

「学校から帰ってきたところか」

「うん」

陽奈は淡々とした口調で言った。エレベーターを陽奈と並んで待っていると、微妙に気まずい空気が流れた。ここ最近顔を合わせていなかったこともあり、妹と何を話せば良いのか分からなかった。

「学校はどうだ」

「どうだって、何が」

「そりゃ色々あるだろう。勉強とか、部活とか」

「んー。普通」

「普通か。……そうか……」

会話は終了した。

陽奈は澄ました顔でエレベーターの表示を眺めている。昔から比較的クールというか、大人びたところのある妹ではあった。果たして同級生とコミュニケーションがちゃんと取れているのか若干心配にもなるが、どうも放課後や週末はしょっちゅう友達とカラオケやらカフェやらに遊びに出掛けていて、案外友達は多いようだ。

エレベーターはなかなか来なかった。陽奈がおもむろに口を開いた。

「お兄のクリニック」

慎は陽奈の顔を見る。

「大丈夫なの」

慎は目を瞬《しばたた》かせた。

「大丈夫っていうのは、何のことだ」

「炎上してたから。アカウント」

そういうことか、と慎は納得した。集患のために開設したSNSアカウントが、ここ数ヶ月モンスター・ペイシェント騒ぎのせいで悪い意味で有名になってしまっている。スタッフが患者と揉《も》めている動画が何個も出回れば、興味本位で拡散され悪目立ちするのは目に見えていた。

「知ってるのか」

「まあね」

「お兄にも陽奈のアカウントを教えてくれよ」

「絶対嫌」

すげない返事であった。

「前にも言ったけど、書き込みには気をつけろよ。変な奴《やつ》が寄ってこないとも限らない」

「分かってるって」

陽奈はふいとそっぽを向いた。慎はしばらく黙り込んだ後、小さく頷《うなず》く。

「クリニックは問題ない。ちょっとトラブルが続いただけだ。陽奈が心配するようなことじゃないさ」

「……あっそ」

陽奈は相変わらず顔を背けたままで、その表情は窺《うかが》い知れないが、

（もしかして、心配してくれたのか）

ほんの少しだけ、妹の気遣いが嬉しくて気が晴れた。と同時に、家族に心配させて申し訳ない気持ちもある。

（……なんとかしないとなあ……）

折しも、エレベーターが到着した。妹と一緒にエレベーターに乗り込む慎。その後は家に戻るまで、二人ともずっと無言のままだった。


日曜日、久しぶりの休日である。昼前にようやく起きた慎は、寝ぼけ眼で洗面所に向かい、顔を洗った。陽奈の部屋の扉はぴたりと閉じられており、中からは物音一つしない。どうやらまだ寝ているようだ。先ほどまで自分も寝ていた手前大きなことは言えないが、あまり寝坊癖がついていても困る。慎はノックをしたのち陽奈の部屋に入り、

「ほら、陽奈。起きろ。いつまで寝てるんだ」

いまだベッドの上に饅頭《まんじゅう》のようにまるまったままの愚妹の毛布をひっぺがした。「んあー」と間の抜けた声を上げて未練がましく毛布にしがみついていた陽奈だが、時計と慎の顔を見比べて渋々起き上がってきた。

「良い天気だぞ」

「眠い……」

「夜遅くまで起きているから寝坊するんだ」

慎は眉根《まゆね》を寄せた。

「昨日の夜もずっと遊んでただろう。話し声が聞こえてたぞ」

「いや、あれは――」

陽奈は鬱陶しそうに頭をかいたあと、「……まあ、いいや」とつぶやいて大あくびをした。慎は「そうだ」と手を叩《たた》く。

「せっかくだからどこか出かけるか」

「えー？　お兄と？　めんど」

あからさまに鬱陶しそうな顔をする陽奈。

「面倒臭いとはなんだ。若いうちから家の中に閉じこもってどうする」

「分かった、分かったってば。あーダル……」

陽奈は寝癖のついた頭をもさもさとかいたあと、

「あ。そうだ。それなら行きたいところあるかも」

やにわにぱっちりと目を開き、ベッドからぴょんと飛び下りた。

「どこに行きたいんだ？」

「後で話す。着替えるから出てって」

陽奈が枕《まくら》を投げつけてくる。慎はそそくさと退散した。

向かった先は渋谷だった。慎の先に立ってずんずんと雑踏を歩く陽奈は、道玄坂を上がったところでぴたりと足を止めた。

「あった。ここここ」

慎は目を瞬かせた。

「……喫茶店？」

「そ」

なるほど、と慎は嘆息する。急に外出に乗り気になってどういう理由かと思ったが、おおかた喫茶店の代金を奢《おご》らせようとしているのだろう。仕方ない、たまには付き合ってやろうと諦めの気持ちで慎は店の中に入る。

店の中にはキャラクターのイラストが描かれたポップやクリアファイルが置かれている。いわゆる古典的な喫茶店というよりは、サブカルカフェという方が近い。店員も若い女性が多く、フリルのついた短いスカートを穿《は》いていた。あまり普段は来ない場所である。

「ここに来たかったのか」

「まあね。〝アニエス〟のコラボやってるって聞いて」

「アニエス？」

慎は店内に飾られた立て看板に目を向けた。高校生くらいだろう、女の子のキャラクターが描かれている。

「なんなんだ、このキャラは」

「アニエスだよ。最近結構流行《はや》ってるよ、知らないの？」

小馬鹿《こばか》にしたような陽奈の口調。悪かったな、若者の文化には疎いんだと口をへの字にしつつ店内を見回すと、確かに客層は陽奈と同じくらいの年代の少年少女が多い。注文しているのもコーヒー紅茶やスイーツだけではなく、店内で販売しているクリアファイルなどのグッズもよく買われているようだ。

「陽奈も好きなのか。この……アニエスとやらが」

「まあね」

陽奈は肩をすくめた。微妙に斜に構えた返事で、慎は苦笑する。

「別にファンならファンって言えばいいじゃないか。好きなものがあるのは良いことだと思うぞ」

「いや、そういうんじゃないから」

口ではそう言いつつ、陽奈は実に興味深そうに店の中を見回している。それどころかどこか感慨深げな面持ちすら浮かべつつ、パシャパシャと店内の様子を撮影していた。

やれやれと苦笑しつつ、さて料金のほどはと思うと、

「うーわ……高い……」

普段慎が使っている安いコーヒーショップの三倍はする。しかし今更店を出るわけにもいかない。仕方ない、明日からは牛丼《ぎゅうどん》に豚汁をつけるのはしばらくお預けだなと思いつつ、「すみません」と店員を呼び止める。

「はーい。今行きまーす」

ハスキーな声で返事が投げられる。あれ、どこかで聞いた声だなと思いつつ店員の顔を見ると、

「え？ 先生？」

「……橋爪さん？」

見間違えようもない。いわざき内科クリニックの患者である、橋爪詩衣那だった。橋爪は目を丸くしている。

「何してるんです、先生」

「橋爪さんこそ」

「私はバイトです。先生は——」

陽奈と慎との間で視線を往復させる橋爪。

「デート？」

「いや、まあ、そうと言えばそうかもしれないが」

「ちょっと、変なこと言わないで」

向かい側に座る陽奈がぴしゃりと言う。陽奈は橋爪に目をやりながら、

「患者さん？」

「岩崎先生にはお世話になってます」

橋爪がぺこりと頭を下げる。陽奈は応じるように「あ、どうも」と言った。慎が「妹

です」と陽奈を紹介すると、

「嘘《うそ》、ちょーかわいい！」

橋爪が目を輝かせ、陽奈に「何歳？　高校生？　どこ通ってるの？」と矢継ぎ早に尋ねる。陽奈は目を白黒させながら応じていた。

「そうだ。私今から休憩なんですよ。混ざってもいいです？」

「え」

慎や陽奈の返事を待たず、橋爪は制服のままぽさりと空いている椅子《いす》に腰掛けた。距離感の詰め方が早い。

（んー。まあ、いいか）

幸い、橋爪の屈託ない性格のせいか、初対面ではあるが陽奈もあまり緊張はしていないようだ。二人のガールズトークを眺めつつ、慎はアイスコーヒー（八百円。高い）を飲む。

「橋爪さんは、ずっとここで働いてるんですか」

慎が何の気なしに尋ねると、橋爪は頷いた。

「そーですよ。二年くらい前からかなあ」

橋爪は唇に指を当て、

「他にもいくつか掛け持ちしてますよ。チラシ配りとかガソリンスタンドとか。あとは前に動画配信もやったけど、あれは全然再生数伸びなかったなあ」

「動画配信は難しいですよね」

「お、陽奈ちゃんもやったことある？」

「まあ、YouTube や TikTok にちょっとだけ」

慎は口を挟んだ。

「陽奈、お前そんなことしてるのか。ちゃんと勉強してるのか？」

慎の苦言に対して、陽奈は鼻を鳴らしてぷいとそっぽを向いた。

橋爪はふうとため息を吐《つ》き、頬杖《ほおづえ》をつく。

「お金稼がないといけないいんですよ。バイトで大忙しです」

慎は唾を飲んだ。あともう少しで、言ってはいけないことを口にしてしまいそうになったからだ。

——だから、薬の転売なんてしてるんですか。

橋爪はクリニックから処方された薬を転売している。確証こそないが、友人に電話で売りつけているところを江連が聞いているし、ほぼ間違いない。

すんでのところで言葉を飲み込む。楽しそうに陽奈と談笑する橋爪を見ていると、この空気を壊してしまうのは憚《はばか》られた。

代わりに、慎は小さく頷いた。

「大変ですね」

「先生なんて儲《もう》かってるでしょ。お医者さんなんですから」

「そうでもありませんよ」

慎は首を横にふる。

「金には振り回されてばっかりです」

その言葉は、自分が思っていた以上の実感を伴って口からこぼれた。

いわざき内科クリニックを継いで一年半ほど。金には本当に苦労させられたし、金を稼ぐのがどれほど大変なことなのかも痛感した。自分よりも一回り近く年下の人間が必死に金を稼いでいる姿を見れば、怒る気もしなかった。

代わりに慎は尋ねた。

「どうしてそこまでお金が必要なんですか」

橋爪の顔には人当たりの良い笑みが浮かんでいる。だが、口の端がわずかに強張《こわば》ったのが分かった。

橋爪は周りを見回したあと、声を落として言った。

「まあ……先生にならいってもいいかな」

膝に視線を落としながら、ぽつりと、

「彼氏とお店を開きたいんです。小さな喫茶店。そのためのお金なんです」

「へえ」

慎は感嘆の声を上げた。横で陽奈が「彼氏！」と口元を押さえている。

(喫茶店、か)

外来で何度か顔を合わせただけの仲で、プライベートの話をしたこともなかったが、橋爪にそんな夢があったとは。

「良い夢だと思います」

橋爪は目を丸くした。

「バカにしないんだ」

「しませんよ」

「でも、お医者さんみたいな偉い人たちにとって、喫茶店開きたいなんて言ってるノリーターなんて一番バカにする相手なんじゃないですか」

「そういう人は、自分とは違う考え方を理解できていないだけです」

慎の言葉に、橋爪は顔を赤くして横を向いた。

「……あり、がとうございます」

慎は頷いた。グラスを傾け、コーヒーを喉《のど》に流し込む。陽奈もジュースを飲み終わったようだしそろそろ帰るか――と腰を上げた慎。悩んだあと、おもむろに口を開いた。

「あの、橋爪さん」

「あ、はい」

「夢のためにお金を稼ぐことは良いことです。ただ、お金は正しい手段で稼ぐ必要があります」

橋爪の目を見ながら、ゆっくりと語りかける。

薬を転売して金儲けをするのはやめろ――。慎は暗にそう言ったつもりだった。

「……？　はあ。分かりました」

橋爪はきょとんとした顔で、そう返事をした。

（こりゃ、分かってなさそうだな）

肩を落とす慎。

ありがとうございました、という声に送られて、慎たちは店を出た。


数日後。外来も終わり、とっぷりと日が暮れた中で、慎は電子カルテに患者情報を入力している。一人黙々と作業を進めていた慎だが、

「岩崎さん」

唐突に診察室に高柴が入ってきた。慎は画面から視線を外し、「なんだ」と応じる。

「モンスター・ペイシェント患者の対応について、提案があります」

慎は唾を飲んだ。前々から高柴にはモンスター・ペイシェントの対応について相談し

ている。解決策が見つかったということだろうか。

椅子を回して高柴に向き直る。高柴はおもむろに口を開いた。

「知人の医療コンサルタントのコネクションで、患者を引き受けてくれるクリニックを見つけました。どんな問題患者でも良いから送ってくれと」

「本当か！」

慎は思わず前のめりになった。願ってもない申し出である。

「早速紹介状の準備をしよう。どこのクリニックだい？」

「渋谷の長谷部《はせべ》内科医院というところです」

「少し遠いな……。いや、しかし引き受けてくれるだけでありがたい」

慎はパソコンを操作し、早速紹介状の画面を開こうとしたが、

「……？　どうした」

高柴がどこか浮かない顔をしていることに気づいた。

「……モンスター・ペイシェントでもいいから送ってくれ、というのはあまり一般的なことではありません。事情があると考えるべきです」

高柴は一呼吸おいて続けた。

「長谷部内科医院、初期研修を辛うじて修了しただけの院長が切り盛りしている病院のようです。調べたところ、診療の質は非常に低い。訴訟も起こされているようです。今

回の申し出も、他の患者が逃げ出してしまったことが一因かと」

慎は高揚した気持ちが一気に萎《しぼ》んでいくのを自覚した。

「……そんなに変な医者なのか」

高柴は首肯した。

「だとしても、問題患者を引き受けてくれることに変わりはありません。この提案はぜひ受けるべきです」

「しかし。モンスター・ペイシェントといえど、医学的には治療が必要な人たちだ。そんないい加減な医者には……」

「岩崎さん」

高柴はぴしゃりとした口調で言った。

「何度も言っています。医療と経営は別物だと」

慎は唾を飲んだ。高柴は続けた。

「医者としてではなく、経営者としての判断をしてください」

反射的に反駁《はんばく》しそうになる。医者としての本分を忘れるわけにはいかない、と叫びそうになる。しかし、

——お金は払えません。

かつてと同じ失敗を、繰り返すわけにはいかない。プライドよりも、もっと守るべき

ものがあるのではないか。

脂汗《あぶらあせ》が額を伝って落ちる。黙り込む慎。しかし、突然クリニックの扉が乱暴に叩かれ、静寂は打ち破られた。

「……なんだ？」

眉をひそめる慎。次の瞬間、建物が震えるほどの声音で、

「おい、出てこい！　ヤブ医者ァ！」

なんだなんだと慎は目を白黒させる。こっそり診察室の隙間《すきま》から入り口の様子を窺うと、

「お前の薬、全然効かねえじゃねえか！　出し直せ！」

壮年の大柄な男が、顔を真っ赤にして怒鳴っている。見覚えがあった。最近特にいわざき内科クリニックを悩ませているモンスター・ペイシェントの一人で、アルコール性肝障害と逆流性食道炎に対して通院している男性だ。一向に薬も飲まなければアルコールも止《や》める気配がなく、それどころか酔っ払った状態で来院してはスタッフに暴言を吐いて帰っていくこともよくあった。

慎は時計を見た。時刻は午後九時、とうの昔に診察時間は終了している。普通であれば「明日以降また来てください」と伝えるところだが、

「オラァ！　電気ついてんの見えてんぞ！　いるんだろ⁉」

（……大人しく帰ってくれそうな様子じゃないなあ……）

勘弁してくれと天を仰ぎそうになる。どうやらまた酔っ払っているらしい、顔を赤黒くした男はガンガンと入り口の扉を蹴《け》り始めた。慎は深くため息をつき、

「とりあえず、警察呼ぶか」

「もう通報しました。ただ、到着まで時間がかかりそうです」

慎は渋面を作った。最近のモンスター・ペイシェント対応を通して知ったが、警察というのはとにかく腰が重い。現場に到着するまで数時間もかかるようでは、何をしに来たのか分からないというものだ。

「仕方ないな」

重い腰を上げる慎。だが、高柴が手で制してきた。

「私が行きましょう」

「え……」

「不当に診療を要求してくる患者は、もはや患者ではなくただのクレーマーです。岩崎さんが出る必要はありません」

高柴はつかつかと歩き出した。おいおいどうする気だと慌《あわ》てる慎の前で、高柴はクリニックの扉を引き開けた。

「今日の診察は終了しました。帰ってください」

患者の男を見上げ、平坦《へいたん》な声音で言う高柴。男は胡乱《うろん》げに高柴を眺め回したあと、

「誰だお前は？　院長出せよ」

「院長は不在です」

「呼びつけろよ！　こっちは客だぞ」

唾《つば》を飛ばして怒鳴る男。高柴は露骨に鬱陶しそうに眉をひそめたあと、

「あなたの言うことを聞く必要はありません。お引き取りを」

淡々とした口ぶり。男は高柴にゆっくりと顔を寄せ、

「……お前、知ってるか？　病院には応召義務ってのがあるんだぜ」

ニヤニヤと笑う男。

「病院は患者の診察を断っちゃいけないんだ。法律で決まってる。このクリニック、法律違反でチクっても良いんだぜ」

勝ち誇った口ぶり。男は吐き捨てた。

「分かったらさっさと院長呼べ！　こっちも忙しいんだ」

高柴は死にかけた昆虫でも眺めるような視線を男に向けている。やがて彼女はゆっくりと口を開き、

「――何か勘違いしているようですが」

冷ややかな声音だった。男への侮蔑《ぶべつ》を隠そうともしていない。

「応召義務というのは、医師が患者に対して負う義務ではなく、国に対しての責務です。また、診療時間外であったり明らかに緊急性のない病態である場合、診察を断っても問題ないとされています」

「……あ？」

男が眉根を寄せ、剣呑《けんのん》な声音を出す。高柴はこれ見よがしに鼻を鳴らし、

「分かりませんか？　ではあなたの素朴な知性でも理解できるように分かりやすく言い換えましょうか。――夜間にクリニックに押しかけてきて薬を寄越せと騒ぐような馬鹿を、わざわざ診察する義務なんてない、ということです」

患者の男は顔を真っ赤にした。高柴は目をすがめ、

「言いたいことはそれだけですか？　ならさっさとお帰りください。――ああ、そうだ。先ほど警察に通報したので、もう少しで到着すると思いますよ」

建物が震えそうな大声で何やら訳のわからないことを怒鳴りながら――かろうじて理解できたのは、「二度とくるか」「潰れろ」などの断片的な言葉だった――男は大股《おおまた》で階段を下りていった。

不愉快そうにハンカチで顔を拭《ぬぐ》いながら戻ってきた高柴が、

「ああいう手合いは喋《しゃべ》り方に品がないですね。唾が飛ぶ……」

慎はおずおずと言った。

「だ、大丈夫か……？」

「問題ないですよ。モンスター・ペイシェント対応は、コンサルタントの業務につきものですから」

高柴は平然とした口ぶりで言った。

「今の男は、まだ物分かりが良かった方です。しつこく絡《から》んできて訴訟沙汰になることも、ままありますから」

慎はなんと言えば良いか分からなかった。やがて小さな声で、

「……スタッフのみんなも、毎日ああいう人の対応してるんだよな」

「最近はまあ、そうですね。一部のモンスター・ペイシェントは、医者には態度が良いけれどスタッフには高圧的、というパターンもありますし」

高柴はなんでもないことのように言った。慎は下唇を噛《か》む。

（一刻も早く、手を打たなきゃいけない）

単に診療の流れが止まってしまう、というだけの問題ではない。モンスター・ペイシェント対応はスタッフの精神を疲弊させる。悠長に構えている時間は、ない。

「高柴さん」

「はい。なんですか」

「先ほどの患者の紹介の件だが」

慎はゆっくりと頷き、

「進めていこう。モンスター・ペイシェントを引き受けてくれるなら、この際より好みはしていられない」

高柴が目を丸くする。

「良いんですか」

「ああ」

「意外でした」

「なんだよ。君が提案してきたんだろう」

「ええ。しかし、岩崎さんのことですから。患者を見捨てるわけにはいかないとかなんとか、甘いことを言って患者を切る判断はできないと思っていました」

高柴はしばらくの間じっと慎を見つめたあと、影のある薄笑いを浮かべた。

「変わりましたね。岩崎さん」

慎は下唇を噛んだ。そののちゆっくりと、口を開いた。

「ただ、一つだけ頼みがある」

「と、言いますと」

「紹介のタイミングだけは僕に任せて欲しい」

高柴が眉を顰《ひそ》める。慎は強い口調で言った。

「まだ、彼らの主治医は僕だ。ならば相応の責任はある」

「……岩崎さん？」

高柴が不審そうに顔を覗き込んでくる。

「何を考えてるんですか」

慎は答えなかった。


数日後。午後の外来の最後の枠で、橋爪詩衣那が受診した。彼女は診察室に入ってくるなり、

「ごめーん先生。薬無くしちゃった。今日、またたくさん出してよ」

そう言って舌を出した。慎は目を細める。

「それ、本当ですか」

「本当だよ。嘘なんてついてどうすんのさ、先生」

慎は唇を舐《な》めた。何度か深呼吸を繰り返した後、

「橋爪さん。率直に聞きます。薬を転売しているんじゃないですか」

診察室の空気が、ぴんと張り詰めた。橋爪はふやけた笑みを引っ込めて、真顔で慎を見つめた。そののち、

「は？」

剣呑な声を出す。

「なにそれ？　意味わかんない」

「橋爪さんに出している薬は、ダイエット薬として需要があります。転売すれば、それなりの額になる」

「知らない。何の話？」

小馬鹿にしたような笑みを浮かべる橋爪。橋爪は足を組み、

「え？　なにこれ？　診察すんじゃないの？　早くしてよ。予定あるんですけど」

慎はゆっくりと語りかけた。

「橋爪さん。保険診療上、出せる薬には上限があります」

「だから無くしたって――」

「そのルールを守れない人。ましてや薬を売り捌くような人を、うちで診《み》続《つづ》けることはできない」

橋爪は目を見開いた。

「このままだと、あなたの診療を続けることはできません」

心臓が脈打つ。口の中がカラカラに乾いている。

元々、慎は気の弱い性格だ。患者の顔色を窺い、言いたいことを言えず仕舞いのことばかり。しかしそれでも、ここは患者に向き合わなくてはいけない。

慎はすっと一通の封筒を差し出した。橋爪の紹介状である。

「橋爪さんの紹介状です。これを持っていけば、別のクリニックでも診てもらえるでしょう」

橋爪の顔が歪《ゆが》む。舌打ちでもしそうな勢いで紹介状に手を伸ばす橋爪。しかし、

「――僕はこれを、あなたに渡したくはない」

慎の言葉を聞いて、怪訝《けげん》そうに眉をひそめた。

「橋爪さん。これがあなたのＨｂＡ１ｃ《ヘモグロビン・エーワンシー》……つまり、糖尿病のマーカーです」

慎は電子カルテの画面を指差した。橋爪はカルテと慎の顔を見比べた。

「悪くなっています。あなた自身が、自分に処方された薬をちゃんと服用していないのは明らかです」

「……だから、何」

「僕は医者です。喫茶店を開くためにいくらかかるのか、見当もつきません。そもそも、医者というのは概して世間知らずですから。しかしそれでも、一つ断言できることがあります」

慎は一拍置いて言った。

「健康以上の資本はない、ということです」

わずかに橋爪が目を見開いた。慎は続けた。

「お金のために、自分の健康まで犠牲にするのは間違っている。橋爪さんがそれを理解してくれるのなら、こんなものは必要ない」

慎は手元の紹介状に目をやった。

「僕に主治医のままでいさせてくれませんか。薬を売ってお金を稼ぐなんて、間違ってる」

橋爪は憎々しげに慎をにらんだ。乱暴な手つきで紹介状を引ったくったあと、荒々しい足取りで診察室を出て行った。

がらんとした診察室に、慎は一人、残された。

（そううまくはいかないか）

深いため息をついたあと、のろのろとした手つきで慎は電子カルテへと向き直った。


その男はいつも、唐突に来る。

昼下がりのいわざき内科クリニック。午前の患者の診察が終わり、やれやれやっと昼休憩かと一息ついたところで、クリニックのドアが引き開けられた。

「どうも。やってる？」

チノパンにポロシャツという出立《いでた》ち。エラの張った顔に、爬虫類《はちゅうるい》のような目。慎は目を見開き、

「……坂崎先生」

「よう、いわさき君。久しぶり」

新宿区医師会会長、坂崎茂仁《しげひと》はそう言って右手をピッと上げてみせた。

「最近大変みたいだけど。どう？　儲かってる？」

　よくもまあしゃあしゃあと、と慎は心中で苦虫を噛み潰《つぶ》したような顔をする。ようやく落ち着いてきたとはいえ、ここ数ヶ月というもの、いわざき内科クリニックはモンスター・ペイシェント対応に奔走していた。その原因——あちこちのクリニックが問題患者を紹介してきたのは、この男の差し金であることは間違いない。

　慎は答えた。

「……おかげさまで、なんとかやってますよ」

「そりゃあ良かった。俺も感心してるんだよ。思った以上によく保《も》ってる」

　坂崎はずかずかと診察室に入ってきたあと、椅子にどかりと腰掛けた。椅子が軋《きし》む。

　坂崎は足を組み、

「そういえばさ、橋爪さんって女の子、来てたでしょ。若年発症成人型糖尿病《MODY》の女の子」

　坂崎は頬杖を突き、

「元々、俺の病院の外来に通ってた子でさあ。どうしても病院替えたいって言うからここに紹介したけど、どう？　元気してる？」

慎は渋面を作った。先日の橋爪とのやり取り――薬の転売をするなと伝え、喧嘩《けんか》別れのようになってしまったことを思い出す。慎の顔を見ておおよその事情を察したのだろう、坂崎が愉快そうに笑った。

「苦労したみたいだねえ」

坂崎は近くを歩いていた社木に声をかけ、「ねえ社木ちゃん。コーヒーない？」と声をかけた。いつの間にか社木の名前まで覚えていたらしい。社木は営業スマイルを浮かべ、「今持ってきますね」と休憩室へと消えて行った。

「ま、あの手のバカ患者はだんだん勝手にいなくなっていくから。本気で相手するだけ損だよ」

運ばれてきたコーヒーを啜《すす》りながら、坂崎は肩をすくめた。

慎の脳裏に、様々な言葉が浮かんで消えた。ゆっくりと時間をかけて、胸元に迫《せ》り上がってきた思いは、

「……あなたに、僕の患者を馬鹿にされる筋合いはない」

自分でも抑えきれないほどの、怒りだった。

「患者を侮辱するのは、やめていただきたい」

しん、とあたりが静まり返った。休憩室から、江連と社木が目を剝《む》いてこちらを見つ

めていた。

坂崎は目を細め、コーヒーをぐっと飲み干した。コーヒーカップを机に置いたあと、ぬっと立ち上がる。慎よりも一回り上背がある。坂崎は熊《くま》のような体軀《たいく》で慎を見下ろした。

「え、なに。怒ってるの？」

おどけるような声音。しかしその奥には間違いなく怒りが滲《にじ》んでいた。思わず反射的に謝りそうになるところを、ぐっと堪《こら》える。

直感していた。ここで引けば、自分は二度とこの男には勝てないと。

「いわさき君は優しいねえ。感心しちゃうよ」

坂崎は肩をすくめ、ゆっくりと慎の横を歩いていく。思い出したように、

「開業医、向いてないね」

小さい声で吐き捨てられた言葉は、しかし明瞭《めいりよう》に耳に届いた。

唾を飲む。拳《こぶし》を握る。慎は振り返り、坂崎の大きな背中に向かって、

「このクリニックは、潰しません」

返事はなかった。クリニックを出ていく坂崎の後ろ姿を、慎はじっとにらみ続けた。


数日後。

受付終了時間が迫り、今日の仕事もそろそろ終わりかと伸びをしていたところに、江連が慌てた様子で入ってきた。

「せ、先生」

「なんだ」

「患者さんが来てます」

「……？　別に慌てるようなことじゃないだろう。受付してあげてくれ」

「いや、それがですね」

江連は慎の耳元に口を寄せた。

「——橋爪さんなんですよ」

慎は目を見開いた。しばし悩んだあと、

「……通してくれ」

江連はゆっくりと頷《うなず》いた。

しばらくすると、控えめなノックの音と共に橋爪が診察室に入ってきた。どこかバツの悪そうな顔をしながら、椅子に座る橋爪。

慎はゆっくりと語りかけた。

「……今日は、どうされましたか」

「その。えっと」

橋爪は言葉を濁した。彼女はカバンをごそごそと漁《あさ》った。取り出したのは、

「――これは」

「この間の紹介状。持って帰っちゃったから」

橋爪は上目遣いで慎を見た。

「先生に怒られて、ちょっと、反省した。ちゃんと治療、受けます」

気まずそうに、言葉を区切りながら話す橋爪。慎は目を瞬《しばた》かせたあと、ふっと笑って紹介状を受け取った。もう不要になった紹介状をシュレッダーにかけたあと、

「ありがとうございます。――それじゃ、今日は久しぶりに血液検査をしておきましょうか」

橋爪はこくりと頷いた。なんだか無性に誇らしい気持ちで、慎はいそいそと採血の準備を始めた。

第四章　仇敵《きゆうてき》、あるいは恩師

いわざき内科クリニックを継いだ当初は、明言こそしないものの、近隣の開業医は誰もが冷ややかな目を向けていたことを知っている。世間知らずな小僧、場所も患者層も悪い、経営のイロハも分かっていない。潰《つぶ》れるのは時間の問題だ――。そう言わんばかりの目だった。

実際、リニューアル開業当初のいわざき内科クリニックは惨憺《さんたん》たる有様だった。毎月膨れ上がる赤字を前に、胃が痛くて眠れない日を過ごしたことも多い。

だが、ここへ来て、起死回生の兆《きざ》しが見え始めていた。

高柴一香がやってきてからまもなく一年が経《た》とうとしていた。モンスター・ペイシェントの増加によっていったんは遠のいた患者の足が、戻りつつあった。たとえどんな理不尽なクレームであろうと無碍《むげ》にはしない慎の人の良さが幸いした。

「いわざき内科クリニックは患者にちゃんと向き合ってくれる」

「岩崎先生は、ほかの金儲《かねもう》け主義の医者とは違う」

そんな評判が、紙に染《し》みていく水のように静かに、しかし確実に広がりつつあった。

――このクリニック、このままだとあと一年で潰れますよ。

高柴一香の予言は外れた。彼女がやってきて一年近くが経った今、いわざき内科クリニックの経営は上向き始めている。このままいけば、昇竜の勢いを得られるかもしれない。

岩崎慎は勝負の時を迎えていた。

新宿区医師会には総勢千名近くの医師が名を連ねる。毎年正月は会員が集まって新年会を行うことになっていた。立食パーティーの形式で、ホテルの地下ホールを借り切り、あちこちで開業医たちがワイン片手に談笑し、

「君のところさ、ちょっと自由診療の値段安くしすぎじゃない？　こういうのは誰かが抜け駆けすると価格競争になっちゃうから」

「今度永応大の消化器内科の先生が開業するらしいんですが、ウチのクリニックの近所を候補に入れてるらしいんですよ。先生のコネで、なんとか考え直すよう言ってもらえませんか」

そんな、腹黒いやり取りがあちこちで交わされるのが通例である。

慎は部屋の隅で壁にもたれかかり、黙々と料理を口に運んでいた。周りは酒を飲んで

盛り上がっているが、慎はこの後も仕事があるのでウーロン茶である。

（一応顔だけは出しに来たけど……。さっさと帰りたいな）

だが、まだ挨拶《あいさつ》すべき相手が残っている。気が重いな、とため息をつきつつウーロン茶をテーブルに置く。部屋の中を見回すと、

「や！　いわさき君」

坂崎である。慎は苦い思いを飲み下すように息を吸ったあと、

「お疲れ様です。坂崎先生」

小さく頭を下げた。ワイングラスを持った坂崎は、酒で顔を赤くしながら、

「どう、最近は」

「おかげさまで、患者は増えてきています」

「なんと」

坂崎は大袈裟《おおげさ》に肩をすくめた。

「随分心配したんだけど、この分なら大丈夫かな」

よくもまあいけしゃあしゃあと、と毒づきたくなる。一時期慎のクリニックが深刻な経営危機に陥ったのは、この男がモンスター・ペイシェントを次々と送り込んできたからだ。

だが、ここで文句を言ったところで何の意味もない。慎は短く答えた。

「ご心配には及びませんよ」

坂崎はむすりと唇を尖《とが》らせた。慎の景気の悪い話でも聞きたかったようだが、当てが外れたらしい。酒が不味《まず》くなったと言わんばかりの不機嫌な顔で、

「あ、そう。ま、いいんじゃない」

そう言い捨て、太った腹を揺すりながら歩き出した。

（やれやれ。気疲れするパーティーだな、全く。……）

食事は豪華だが、会話にいちいち神経を遣う。これなら近所の牛丼屋《ぎゅうどんや》でネギ玉牛丼をかき込む方がはるかにマシだ。

時計を見る。会がお開きになるまで、もうしばらく時間がかかりそうだった。慎は時間を潰そうと、再び飲み物を取りに行った。


パーティー会場のホテルを出ると、夜風の冷たさに慎は身震いした。仕事に忙殺されているうちに、いつの間にか年が明けていた。ホテル近くの路上には一台の車が停まっていた。慎の車だ。車の扉を開けて運転席に乗り込むと、助手席に座る高柴が非難するように言った。

「遅いです」

慎は首を振った。

「仕方がないだろう。これも仕事だ」

「適当に抜けてくださいよ。どうせ暇な年寄りの寄り合いです」

「しかし、無碍にもできない」

「そんなこと言ってるから、あなたは外来回すのが遅いんですよ」

慎はむすりと黙り込んだ。相変わらずの無礼な物言いだが、今日は言い合いをしている時間はない。慎は夜の街に車を走らせる。時刻は午後九時を回ったところ。本来ならば仕事は終わりの時間だが、

「この時間に往診の呼び出しとはな。ついてない」

慎は息を吐き、

「今回は相手が相手だから、仕方ないが」

「……まあ、そうですね」

珍しく高柴の返事も歯切れが悪い。

しばらく車を走らせ、牛込柳町《うしごめやなぎちょう》駅近くの住宅街に入る。大通りからは少し外れた、人通りの少ない場所に車を停め、慎は車外に出た。

「君は待っていてくれ」

「それは構いませんが、岩崎さん」

高柴は車の中から身を乗り出し、慎を指差した。

「くれぐれも、感情移入しすぎないように」

「どういう意味だ」

「岩崎さんは人が良すぎますから」

慎は首を振った。

「昔は色々あったが、今はあくまで患者と医者だ。それ以上でもそれ以下でもない。ドライにやらせてもらうさ」

「それなら良いですけどね」

高柴はつっけんどんに言った。慎は返事をせず、訪問診療用のカバンを車から取り出し、歩き出した。

患者の住むマンションは相当古く、壁面は塗装が剝《は》がれて赤茶けた壁が剝《む》き出しになっていた。のろのろと動くエレベーターに乗りながら、慎は自分の胸が早鐘を打つのを自覚した。

マンションの十階、北側の角部屋。そこが、患者の住む家だった。インターホンを押し、

「こんばんは」

慎は玄関の扉を引き開けた。鍵《かぎ》はかかっていない。往診が来ると分かっていて、開けておいてくれたのだろう。慎は玄関に置かれたスリッパに足を入れた。

奇妙な家だった。台所にはカップラーメンやパックごはん、インスタント食品の残骸《ざんがい》が山を成している。流しには使いっぱなしの皿が積まれていた。その一方、部屋の床やテーブルの上には医学論文が散乱している。

学問以外に興味のない学者の家。そんな印象だった。

1LDKの間取りとなっていて、リビングの奥にはもう一つ部屋がある。慎はドアの前で大きく深呼吸をしたあと、

「――失礼します」

部屋のドアを引き開けた。

暗い部屋にはベッドが一つ、ぽつんと置かれている。ベッドの上には、一人の老人が横になっていた。まるで木乃伊《ミイラ》のように肌は乾燥し、生気がない。にもかかわらず、その老人と眼を合わせた瞬間、慎の背中から冷や汗が吹き出した。

「来たか。……岩崎先生」

永応大学病院総合診療内科前教授、長谷川榮吾は、落ち窪《くぼ》んだ目でこちらを見据えた。

長谷川榮吾の診療依頼が舞い込んできたのは昨年の暮れのことだった。

真藤から唐突に電話がかかってきたかと思うと、いやに神妙な声で、

――お前に診てもらいたい人がいる。

と言ってきたのだ。絶対に口外するな、特に医者仲間には、と何度も釘《くぎ》を刺された上で、牛込柳町駅近くのマンションへと連れて行かれた。扉を開けた先、ベッドに座ってこちらを見据える男の顔を見て、慎は息が止まりそうになった。

——長谷川、先生。

——久しぶりだな。岩崎先生。

そう言って、長谷川は冷ややかに慎を出迎えた。元々蟷螂《かまきり》のように線の細い男ではあったが、記憶の姿よりもさらに一段、長谷川は痩《や》せていた。しかし目だけは、かつてのように爛々《らんらん》と強い光を宿していた。

予想外の患者を前に言葉も出ない慎の前で、さらに真藤は衝撃的な言葉を続けた。

——膵癌《すいがん》の Stage IV だ。

長谷川は膵癌だった。癌と一口に言っても様々な種類があり、前立腺癌《ぜんりつせんがん》のように比較的良好な予後を見込めるものから、短期間で急速に状態が悪化し得るものまで様々だ。膵癌は後者に該当する。長谷川の場合は Stage IV、すなわち原発巣《げんぱつそう》以外にも体中に癌が転移しており、手術の適応がない状態である。この段階に至った膵癌の予後は半年程度とされている。

つまり、長谷川はあと数ヶ月もすれば死んでいるだろう、ということだ。

——君に主治医になってもらおうと思う。

長谷川は皮肉の混じった口調で言った。

——気の乗らない仕事かもしれないが、まあよしとしてくれ。どうせ、せいぜい数ヶ月で終わる。

長谷川は小さく鼻を鳴らした。断ることもできず、それ以来、慎は長谷川の家に訪問診療で通っている。

「何をしている、岩崎先生」

長谷川の言葉に、慎は我に返った。

「投薬に不備があったと言っているだろう。早く修正してくれ」

慌《あわ》てて慎は処方箋《せん》を印刷するためのプリンターとパソコンを引っ張り出す。先日訪問した際に作成した処方箋だが、不備があり修正をしてくれ、というのが今日の依頼内容だった。

長谷川は慎に視線を向けた。

「モルヒネの量が多すぎる。これでは眠くて敵《かな》わない。もっと減らしてくれ」

「しかし先生、鎮痛をしっかり効かせないと眠ることも難しいのでは……」

おずおずと言う慎。長谷川はぴしゃりと言った。

「不要な処方は降り積もって医療経済を圧迫する。残薬の推計総額は日本では年間八千億円に上る、とする試算もある。無駄な処方は厳に慎むべきだ」

長谷川はぎょろりと眼球を動かした。

「何度も、指導したはずだが」

「……すみません」

慎は頭を下げる。薬の量を減らして改めて処方箋を作成し、プリンターで印刷する。印鑑を押し、長谷川へ渡す。長谷川は薬の一覧に目を通したあと、小さく頷《うなず》いた。

「良いだろう」

長谷川はベッド脇《わき》に置いていたノートパソコンを開き、何事か打ち込み始めた。慎は尋ねた。

「先生、それは――」

「論文の原稿を直している。提出《サブミット》間近のものが四本ほどあった。これらは完成させる必要がある」

慎は目を見開いた。決して体調は良くないはずだ。現に、長谷川の額には脂汗《あぶらあせ》が浮いている。

そもそも、この男はすでに永応大学の教授を辞しているはずだ。さすがにこの病状では仕事を続けることは難しく、急遽《きゅうきょ》の教授選が行われている真っ最中と聞いている。

そんな状況だというのに、それでもこの男は仕事を続けるというのか。

立ち尽くす慎。長谷川が目を細くしてこちらに向き直り、

「何をしている。早く帰れ」

「は、はい」

慎は背筋を正し一礼をする。去り際《ぎわ》、ちらりと後ろを振り返ると、

「…………」

黙々とパソコンの画面に向き合う長谷川の横顔が見えた。慎は長谷川の家を出た。


夜遅く、家に戻る。もう陽奈は寝ているだろうなと思っていたが、家の鍵を回すとリビングに明かりが灯《とも》っていた。

「ただいま」

声を投げる。返事はない。

「陽奈？　まだ起きてるのか」

気づいてないのかなと訝《いぶか》りつつリビングへの扉を開くと、

「うわ！」

ソファに腰掛けていた陽奈がこちらを見て飛び上がった。ノートパソコンを勢いよく閉じる陽奈。あんまりびっくりしているので、慎は反射的に「あ、すまん」と訳もわからず謝った。

陽奈は身につけていたヘッドホンを外し、

「ちょっと、帰ってきたならただいまくらい言ってよ」

「言ったぞ」

「聞こえなかったし」

それはお前がヘッドホンをしていたからだろうと呆《あき》れるが、陽奈はむくれた様子でソファに横になっている。

「何してたんだ」

「なんでもいいでしょ。別に」

そっけない様子である。慎はふと陽奈の格好に目を留めた。この時間であればパジャマに着替えているのが常だが、今の陽奈はお気に入りのワイシャツを羽織っており、少しオシャレをしているようだ。

「なんだ。お前、自撮りでもしてたのか」

おめかししている理由を尋ねるが、陽奈は鼻を鳴らして答えない。やれやれ、と肩をすくめてシャワーを浴びるべく脱衣所に向かった慎だが、

「ねえ、お兄」

陽奈が声を投げてくる。

「私がバイトするのって、どう思う」

「バイトしたいのか」

「仮定よ、仮定。するとしたら、って話」

慎は小さく唸《うな》り声を上げたあと、

「別に無理してバイトなんてしなくていいだろう。お金はお兄が稼いでくる。それより、きちんと勉強しなさい」

「……はーい」

どこか不満気な声。それっきり陽奈はこちらに目を向けず、スマホの画面をひたすらに眺め始めた。

何か欲しいものでもあるのかな、なんて首をひねりつつ、慎はシャワーへと向かった。


「先生、今日も訪問診療ですか」

昼休憩後、カバンに荷物を詰めて出かける準備を始めた慎を見て、江連が声をかけてきた。慎は頷く。

「今日は長谷川先生……いや、長谷川榮吾さんのところへ行ってくる」

「あの人って結構偉い人なんでしたっけ」

「まあね。昔の僕の上司だ」

「へえ」

江連はイカそうめんをもしゃもしゃ齧《かじ》りながら、

「運転手要ります？　今日、午後は私も空いてますけど」

「……いや、大丈夫だ。自分で運転する。君は他の仕事を頼む」

なんとなく、長谷川のところへ自分のクリニックのスタッフを連れて行くのは気が引けた。長谷川といると、否《いや》が応《おう》でもかつての不出来な自分を思い出し、萎縮《いしゅく》してしまう。そんな情けない様子を、スタッフに見られたくなかったのだ。

江連は口には出さないものの「ラッキー」とでも言いたげな嬉《うれ》しそうな表情をありありと浮かべ、

「了解です。じゃ、あたしは別の仕事しときますね」

休憩室へと引っ込み、スマホで何かの動画を眺め始める江連。どこかの歌手だろうか、イヤホンからも音が漏れている。

「何聞いてるんだ」

「〝アニエス〟ですよ。最近話題の女子高生歌手です。顔出ししてないのにすごい人気なんですよ」

「へえ」

そういえば、以前陽奈に無理やり連れて行かれたのもアニエスとやらとコラボをしている喫茶店だった。確かに若者を中心に人気があるようだ。

「先生も聞いてみます？　結構イケてますよ」

「今は仕事中だ。今度にするよ」

「ほーい」

ってぃうか君も仕事中じゃないのか、と江連に白い目を向ける慎。しかし江連はすっかり自分の世界に入り込んでおり、鼻歌を歌いながらリズムよく体を揺らしている。慎は深々とため息をついたあと、車へと向かった。

駐車場から車を出し、新宿の街中を走らせる。車窓を流れて行く風景を眺めながら、慎は物思いにふける。

(……長谷川先生)

かつて大学病院に勤めていた時、慎は長谷川榮吾が怖くて仕方なかった。患者の治療方針に少しでも瑕疵《かし》があれば、容赦のない指摘が飛んでくる。

「歯車たれ」、というのが長谷川の教えだった。

「医療は社会の土台で、医者は医療の担《にな》い手だ。よって、我々の仕事に名誉や資産は不要である。粛々と社会の要請をこなすことだけを考えれば良い」

その言葉を体現するように、長谷川の働き方はストイックなものだった。いつしか、慎は長谷川に得体の知れない気味の悪さを感じるようになった。医療を行うための機械なのではないか、とすら思った。

訪問診療で家に行くと、長谷川は頻繁にパソコンの画面を睨《にら》んでいた。ここまで病状が悪化してなお、長谷川は仕事を続けるつもりのようだった。ベッドサイドにひざまずいた慎は、控えめに促した。

「先生。あまり無理をすると、お体に障《さわ》ります」

「別に良い」

長谷川はなんでもないことのように言った。

「私の予後は限られている。今更どんな治療をしたところで大差はない。だが、私の論文が形になれば、未来の医療に資する可能性がある。ならば優先すべきは仕事だ。私の健康はその次で良い」

慎は言葉を失った。分かってはいたことだが、やはり、長谷川は仕事の手を緩める気はないらしい。

黙々と仕事を続ける長谷川。慎は気になっていたことを尋ねた。

「先生。一つ、質問をしてよろしいでしょうか」

「なんだ」

「なぜ、僕なのですか」

かねてより引っかかっていた疑問だった。この長谷川という男には、慎は道半ばで職務を放り出し、安易な道に逃げた不肖の弟子のように見えているはずだ。その慎になぜ、最後の治療を任せようと思ったのか。

長谷川はパソコンのキーボードを叩《たた》く手を止め、顎《あご》をそっと撫《な》でた。

「膵癌の診断になった時、消化器内科の安西《あんざい》教授がすぐに私を消化器内科病棟に入院させた。手厚いサービスだったよ。病状説明は几帳面《きちょうめん》でくどいほどだったし、私が呼ぶとすぐに主治医と看護師が飛んできた」

それはそうだろう、と慎は思った。この男は永応大学病院の重鎮であり、院長に匹敵する立場の人間だ。手厚く遇されるのは想像に難くない。だが長谷川は忌々《いまいま》しそうに顔を歪《ゆが》め、

「だからあの病院には入院し続けたくなかったのだ」

「……？　どういう意味ですか」

「甲斐甲斐《かいがい》しく世話を焼く必要などない。若く優秀なスタッフの労力を私に割いたところで、私の予後は変わらん。もっと急性期重症疾患の患者の治療や、一次予防の啓蒙《けいもう》に時間を割く方が合理的だ」

「……ご自身の治療は、優先度が低いと」

「当然だ。どうせ数ヶ月で死ぬのだからな」

長谷川はなんでもないことのように頷いた。

「その点、君のクリニックはちょうど良い。質の低い医療、在宅というリソースの限られた環境……。そして、担当医師は医局の修行を途中で逃げ出した半端者《はんぱもの》だ」

慎の耳元で、金属同士をぶつけたように甲高い異音がした。半端者、という言葉が、何度も頭の中で反響する。

「医療資源は適正に配分するべきだ。難しく、治療介入によって大きく予後が変わる患者に対しては、腕の良い一流の医者を。どのみち先が見えている患者に対しては、相応の能力しかない医者に担当させるのが良い」

分かるか、と長谷川は続けた。

「私のような患者には、君くらいのレベルがちょうど良い、ということだ」

頭の中が、一瞬真っ白になった。慎は口を開き、閉じることを繰り返した。やっとの思いで、

「……お大事になさってください。今日はこれで、失礼します」

その言葉だけを絞り出し、慎は長谷川の家をあとにした。


高柴が長谷川の診察に同行したい、と言い出したのは、とある雨の降る日のことだった。

午前は外来の患者をさばいたあと、コンビニで買っておいたサンドイッチを急いで口に詰め込み、車に乗り込む。ボンネットを叩く雨の音を聞きながら、

「濡《ぬ》れそうだなあ……」

億劫《おっくう》な気持ちで、そうつぶやいた。

駐車場を出ようとしたところで、傘を差した人影が寄ってくるのが見えた。スーツを着た若い女性。高柴である。慎はドアウインドウを下げ、

「どうした」

高柴はしばらく無言だった。慎は訝しく思う。高柴の表情は、どこか思い詰めたような雰囲気をまとっていた。

「岩崎さん」

高柴が口を開く。

「今日、長谷川榮吾の診察がありますよね」

「え？　あ、ああ」

高柴の口からその名前が出たことに面食らう慎。高柴は言った。

「私も同行させてください」

慎の返事も待たず、後部座席に乗り込んでくる高柴。慎は後ろを振り返って言った。

「一緒に行くのは構わないが……。何か用事があるのか？　書類関係なら僕がやっておくぞ」

訪問診療を始めてしばらく経つ中で、慎も要領を摑《つか》んできた手応《てごた》えがある。訪問診療は患者の署名が必要な書類が多いので、それを効率的にさばくことがコツなのだ。

だが慎の気遣いの言葉に対して、高柴は返事をしなかった。ただ、

「……早く出してください」

低い声でそう言ったきり、黙って腕を組んでいる。なんなんだよと思いつつ、慎はアクセルを踏み込んだ。

長谷川の住むマンションの近くに車を停める。雨足は強くなっていて、顔面に雨つぶてが打ちつけた。

マンションの入り口を潜《くぐ》った時、慎はすでに水浸しになっていた。ハンカチで服の水気を拭《ぬぐ》ったあと、慎は十階の長谷川宅へと向かった。

慎は玄関の扉の前で何度も深呼吸を繰り返したあと、

「失礼します」

部屋の中に足を踏み入れた。慎の後ろには、

「……ここが――」

相変わらず険しい顔をした、高柴が続いている。

奥の部屋にはベッドに座ってパソコンを操作する長谷川がいた。長谷川は眼球だけを動かし、

「来たか」

と言った。慎は小さく頭を下げ、

「本日もよろしくお願いします。先生」

長谷川の視線が、慎から横へとずれる。慎の横に立つ、見慣れない女が気になったのだろう。慎は声を上げた。

「私のクリニックで医師兼医療コンサルタントとして働いている、高柴です」

慎の言葉に続く者はいなかった。おい何か言ってくれ、せっかく紹介したんだからと高柴を見やる慎。だが、

「…………」

高柴は目を細め、じっと長谷川を見据えている。まるで死にかけた昆虫でも見るかのような、冷淡な目だった。

一方の長谷川も、無言のまま高柴を見上げている。沈黙の時間が続いた。慎はきょろきょろと二人を見比べる。

（……？　なんだ、この空気）

張り詰めた空気が満ちている。まるで宿敵を見据えるかのような、高柴の強い視線。先に口を開いたのは、高柴だった。

「私のことを覚えていますか。長谷川先生」

高柴は続けて言った。

「高柴大慈《たいじ》の娘の、一香です」

慎はぽかんとして高柴を見た。思わず尋ねる。

「知り合いなのか？」

「ええ」

短い答え。ややあって、長谷川がゆっくりと声を上げた。

「……高柴大慈、か。どこかで聞いたことのある名だな」

首をひねる長谷川。高柴は言った。

「十二年前、あなたの部下だった高柴大慈は過労でくも膜下出血を起こし、交通事故で死にました。以来、私はあなたのことを忘れたことはありませんよ」

慎は目を見開いた。思わず口を挟む。

「君のお父さんは、長谷川先生の部下だったのか？」

「ええ。岩崎さんの先輩ですよ」

高柴は一歩踏み出し、ベッドのそばに近づき長谷川榮吾を見下ろした。

「不思議だったんですよ。人を一人殺しておいて平然と働き続けられるなんて、まともな人間じゃない。どんな人なのかと思っていましたが――」

高柴は鼻を鳴らした。

「思った以上に、みすぼらしいですね」

長谷川はそっと、無精髭《ぶしょうひげ》の伸びた顎を撫でた。

「高柴。……高柴か」

何度か呟《つぶや》いたあと、首を横に振った。

「思い出せんな。まあ、覚えてないということは、きっと大した男ではなかったんだろう」

高柴の顔に朱が差した。長谷川は淡々とした口調で言った。

「私は、優秀な医者なら名前を忘れないからな」

高柴は何か言いたそうに口を開いた。だが、

「………………」

結局何も言わずに、乱暴な足取りで部屋を出て行った。その後ろ姿を、呆然《ぼうぜん》と慎は見送った。

「すみません」

高柴と長谷川との因縁への衝撃は冷めやらぬものの、なんとか診察をこなして車に戻ってきた慎に向かって、高柴は開口一番にそう言った。

「もう吹っ切れたつもりでしたが、実際にあの男を前にすると、やはり動揺してしまいました」

慎は言葉を選びながら言った。

「……君のお父さんも、永応大学の医局員だったのか」

「ええ。過労死しましたが」

高柴は苦々しい口調で言った。

「長谷川の部下として、昼も夜もなく働いていましたから」

噂《うわさ》に聞いたことはあった。若い頃の長谷川は今にも増して仕事の鬼であり、自分にも他人にも苛烈《かれつ》で妥協を許さない人物だった。その結果、心身の調子を崩す者も数多かったと。

「岩崎さん。少し、時間ありますか」

神妙な声音だった。慎が首肯すると、高柴は適当なところで車を停めるように頼んできた。

駐車場に車を置いて雨の降る中、高柴と向かったのは、子連れや学生客で混み合うファミリーレストランだった。陽奈が小さい頃はよく使っていたが、ここ最近は足が遠のいていた。

「ファミレスが好きなのか」

「ええ。安いので」

薄々察してはいたが、この女は相当な倹約家である。高柴はドリンクバーを二つ注文した。オレンジジュースを汲《く》んできたあと、高柴はおもむろに口を開いた。

「気になっているんでしょう」

「え？」

「私と、私の父のこと」

慎は言葉に詰まった。

彼女の指摘は正しい。高柴と長谷川の関係もそうだが、何より、高柴という人間そのものに対する違和感も募っていた。

（医師免許を持つ、医療コンサルタント……）

最近は慣れつつあったが、改めて考えると異色の経歴だ。慎は言葉を選びながら言った。

「……医師免許を取るには、最低でも六年間医学部に通う必要がある。学費だって馬鹿にならない。それだけのコストを払ったんだから、普通は元を取ろうと考える」

高柴はオレンジジュースを口に含んだあと、

「――私は医者という仕事は好きでした。しかしそれ以上に、医者という人種が嫌いで我慢ならないんです」

高柴は鼻を鳴らした。

「大学病院勤めの父は、深夜に帰ってくるのは当たり前。当直や外勤で泊まりこみの勤務もザラでした。しかし大学病院からの給料はゼロでした」

「ゼロ……」

無給での労働は無論違法だが、日本の病院ではしばしば横行している。特に大学病院で顕著だ。学位取得のために大学病院で働く場合、立場としては『大学院生』になる。そのため、「勉強の一環として患者の診察に当たっているだけで、これは労働には当たらない」という、冗談のような屁理屈《へりくつ》がまかり通ってしまっているのだ。

「母は不思議がっていましたよ。あんなに働いてるのに、どうしてお金をもらえないんだと」

慎は頷いた。

国民皆保険という特性上、日本は医療機関へのアクセスが世界的にもズバ抜けて良い。だがこれは患者の人数が増えて医療機関の業務を圧迫してしまうというデメリットと表裏一体である。限界まで酷使された医者たちは当然、過労死ラインを優に超える量の業務をこなしている。しかし、これらの業務全《すべ》てにきちんと賃金を支払っていたら病院の経営が成り立たない。その結果起きるのが業務のダンピング――すなわち、「自己研鑽《けんさん》」の名のもと、賃金も払わず際限なく医者を働かせる状態である。

「土日も祝日も昼も夜もなく働き続けた父が、突然死にました。くも膜下出血でした」

慎は言葉を失った。高柴はほんの一瞬目を閉じたあと、再び口を開いた。

「三日連続の当直明け、外勤先に向かう車の中での発症でした。高速道路を運転している最中の出来事で、ガードレールに挟まれてほぼ即死だったろうと言われました。事故に巻き込まれた人がいなかったのは不幸中の幸いだったと思います。遺体確認のため父の体を警察に行って見せられましたが、下半身は完全に潰れていました」

「……そんな、ことが」

「一番記憶に残っているのは、父の顔です」

「顔？」

高柴は一呼吸置いて、

「笑ってたんですよ。安心したように」

慎は目を見開いた。

「まるで、これでやっと仕事から解放される、と言っているように見えました」

慎はなんと言っていいのか分からなかった。高柴は鬱陶《うっとう》しそうに手を振る。

「そんな申し訳なさそうな顔をしないでください。昔のことです」

高柴はソファに座り直した。

「当然ながら過労死の疑いがありました。少なくとも家族から見れば、明白な事実でしたが……。残念ながら、当時はそういう判断にはなりませんでした」

——高柴大慈の死亡が、過労によるものと直ちに認定することはできない。

——当直中は必ずしも業務に従事しているわけではなく、就寝していた時間もあり、休息は十分に取れていたと考えられる。

――高柴大慈は院内滞在時間中に学会準備や論文執筆を行っており、業務ではなく自己研鑽の範疇《はんちゅう》である。

「信じられますか？　夜中まで病院で働かせておいて、その言い種《ぐさ》です。論文執筆や学会発表だって上司の命令でやってたんです、自己研鑽なんかじゃない」

刑事裁判の結果、高柴大慈の死亡はただの労災扱いとなった。遺族に支払われた金額は、たったの三百万円だった。

「私の父親の命の価値が、たったの三百万円しかないと言われたような気分でした。

――侮辱としか、言いようがない」

高柴の話を聞き、慎は言葉を失った。

「医療には値段があります」

高柴は続けた。

「本来、医療行為には保険点数がつけられ、それに応じた診療報酬が国家から支払われます。血液検査であろうと、抗癌剤の投与であろうと、膵頭十二指腸切除術であろうと、例外はありません」

高柴は強い口調で言った。

「しかし、今の日本では司法も医療もそれを忘れている。国は医療費を抑えるための査定と診療報酬削減に躍起になっている。医者も、患者のためだの医学の発展のためだの、美辞麗句に踊らされて搾取《さくしゅ》されることを受け入れたまま。父の死の後も、何一つ変わらない」

「それは……そうかも、しれない」

「そうかもしれないではなく、事実としてそうなんですよ」

高柴は強い視線を慎に向けた。

「だから、私は医療コンサルタントになりました。医療には絶対に金がかかって、それを無視することは何の解決にもならないこと。そして」

高柴は目を細め、グラスを握る指に力を込めた。

「命は金よりも重いことを、証明するために」

高柴はふと考え込むように手元のグラスを見た後、不機嫌そうな声音で言った。

「もっとも――私が頑張るまでもなく、長谷川榮吾のような時代遅れの医者は、これからは不要となりそうですが」

慎は長谷川の顔を思い出した。かつての精力的な様子は見る影もなく、みすぼらしく痩せこけていた。

「ずっと気になっていたんです。父を死なせたことをどう思っているのか。少しは悪いと思ってるのか、それとも」

高柴はため息をついて、目を伏せた。

「父のことなんて忘れて、何事もなく過ごしているのか」

慎はなんと言ったら良いものか分からなかった。

「別に、謝って欲しいわけでもないんです。ただ――」

独り言のように、高柴は言った。

「あそこまで仕事に全てを捧《ささ》げて、あの人は何を得たんでしょうね」

慎は無言で、黙々とオレンジジュースを口に運んだ。


訪問診療では定期的に患者宅へ赴く。いわざき内科クリニックへ出勤した慎が今日の予定表を確認すると、まずは長谷川の家へ行くことになっていた。慎は車を出し、長谷川の診察へ向かった。

マンションの玄関を通って部屋へ向かう。長谷川の部屋に入ると、わずかに異臭が鼻をついた。慎は台所を見やる。飲み物のこびりついた紙コップや、残飯の入ったビニール袋がいくつも放置されている。臭《にお》いの原因はこれだろう。

慎は唇を噛《か》んだ。元来、長谷川は几帳面な性格だ。神経質と言っても良い。大学病院で働いていた頃は、読んだ本や使用した診察器具を元の場所にきっちり戻しておかないと、それだけで怒鳴られたものだった。その長谷川がこんなふうに食べ残しを放置して

いるということは、

（それだけ、症状が辛《つら》くなってきたということか）

おそらく、台所で皿洗いをしたり食器の片付けをしたりすることすら大変になってきたのだろう。長谷川自身は「痛み止めは要らない、我慢できる」と強く主張しているが、やはり鎮痛麻薬《モルヒネ》を増やさざるを得ない時期だ。

長谷川の寝室に入る。長谷川はいつも通り、ベッドに腰掛けてパソコンの画面を見つめている。そろそろ見慣れてきた光景だ。

「先生。診察に参りました」

「特に変わらない。Do《そのまま》処方で構わん」

「採血を確認しておいた方が良いのでは」

「不要だ。どうせ悪化しているし、介入の余地がある病態もない」

長谷川はパソコンの画面から目を離さないまま言った。

「患者としての自分のプロブレムは把握している。膵癌の胃浸潤、腹膜播種《はしゅ》に伴う難治性腹水。肺転移。閉塞性黄疸《へいそくせいおうだん》。……どれも抜本的な改善方法はない。せいぜい対症療法として腹水を抜く程度だ。腹水が溜《た》まって苦しくなったら君に依頼するつもりだが、今はまだ耐えられる。よって、君がやることはない」

長谷川は続けた。

「患者一人に時間をかけるな。私の他にも、山ほど診ている患者がいるだろう」

慎は視線を彷徨《さまよ》わせたあと、ゆっくりと頷いた。最低限の身体診察だけを済ませて、処方箋の準備を始める。その時、長谷川がおもむろに言った。

「そう言えば、今日は彼女は来ていないのか」

「彼女？」

「前回の診察で、一緒に来ていただろう」

慎は「ああ」と声を上げた。

「高柴のことですか」

「大きくなったものだな。まだほんの子供だったが」

高柴の父親がまだ息災だった時期の話だろう。慎は小さく頷いたあと、

（――え？）

ふと、違和感を覚える。

この間高柴が尋ねた時は、父親の大慈のことはもうすっかり忘れてしまったと言わんばかりの口調だった。だが今の口調は、

「覚えてらっしゃるんですか？」

「当然だ。私は優秀な医者の名前は忘れない」

長谷川はどこか苦味のある口調で言った。

「高柴大慈は優秀な医者だった。彼が亡《な》くなったのは、大きな損失だった」

慎は啞然《あぜん》として目の前の男を見つめた。

「どうして、この間は嘘《うそ》を？」

長谷川はしばらくの間、何も言わずに黙り込んでいた。それから、

「彼女──一香と言ったか。あれも、医者なのだろう」

「……ええ。医師免許を持つ医療コンサルタント、という異色の経歴ではありますが」

「以前、彼女が永応大に患者を紹介してきたことがあった。片側《へんそく》の手指の動かしにくさを主訴に来院した、大脳皮質基底核変性症の患者だった。署名を見るにまだ彼女は研修医だったはずだが、紹介状の内容は正確かつ端的だった。もしかしたら高柴先生の娘かも知れない、と思った記憶がある」

慎は唾《つば》を飲んだ。尋常な記憶力ではない。特に長谷川は教授職についてからも精力的に患者の診察にあたっており、紹介を受けた患者の人数も山ほどいるだろう。そんな中で、たった一度紹介状をやり取りしただけの医者の名前を覚えているとは。

優秀な医者の名前は忘れない──。その言葉は真実のようだ。

「今更私が悪びれたところでなんになる。いたずらに彼女を動揺させるだけだ。そのせいで彼女の仕事に支障が出てはならない」

長谷川はなんでもないことのように言った。

「私は役目を終えつつある人間だ。先の長い、優秀な人間の足を引っ張ることは、本意ではない」

その時、長谷川が突然咽込《むせこ》んだ。慎は慌てて駆け寄る。

「先生！　大丈夫ですか」

長谷川は何度か呻《うめ》き声を上げ、わずかに嘔吐《おうと》した。血液混じりの胃液が周囲に飛び散る。何度かえずいたあと、長谷川はゆっくりと息を吐きながらベッドに横になった。

「……末期膵癌だ、やむを得ない。水をくれ。冷蔵庫に入っている」

「は、はい」

慎は慌てて冷蔵庫からミネラルウォーターのペットボトルを取り出し、長谷川に差し出した。手袋をつけ、長谷川が吐いてしまった胃液をティッシュで拭《ふ》いていく。幸いそこまで量はないし、大半が胃液だけで固形物はなかったので、大した汚れにはならなそうだ。ただ、床に散らばっていた封筒にも少しかかってしまっていた。

「先生。こちらの書類、少し汚れてしまったようですが、捨ててしまいますか？」

「ん？　ああ……」

長谷川は慎が差し出した封筒に目をやったあと、

「置いておいてくれ。後で目を通す必要がある」

慎はうなずき、もう一度封筒の水気を拭った。その拍子に、封筒の差出人の署名が目に入った。

（船橋法律事務所……？）

「遺産の話だ」

長谷川が口を開いた。

「私はもうじき死ぬ。その後、遺産は子供に渡ることになる。その準備だ」

慎は目を丸くした。この男に子供がいたとは知らなかった。それに、この家はどう見ても一人暮らし用だ。家族で住んでいるようには見えない。

「お子様は、今どちらに？」

「元妻と暮らしている。親権は向こうが持っていたからな」

長谷川は深く息を吐いた。

「二十年ほど前に離婚した。向こうの不倫がきっかけではあったが、元を正せば私が仕事にかまけて家にいなかったのが悪い、というのが元妻の言い分だ。以来、ほとんど連絡も取っていなかった。だが弁護士が言うに、子供には私の遺産の相続権がある」

「……お金の話だけですか？　せっかく連絡が取れたんです、今だけでも生活の支援をしてもらえば」

「いや。そこに手を出す気は一切ないらしい。私の面倒を見るのは御免だが、遺産はもらうということのようだ」

慎は絶句した。長谷川はなんでもないことのように言うが、それはつまり、元夫か死にそうだから金だけは回収しに来たという話ではないのか。

「……ひどい話ですね」

「なぜだ？」

長谷川は心底不思議そうな顔をした。

「私が死んだあとは、私の金をどうしようと構わん。墓場に金は持っていけない。欲しければ好きにすればいい」

強がっている風ではない、心底からそう思っているのだろう。

「私は私のやりたいように生きた。元妻と息子は私の生き方を受け入れられなかった。それだけの話だ」

慎は何度か目を瞬《しばたた》かせた。言いたいことは色々とあったが、慎は黙って立ち上がった。荷物をまとめ、一礼する。部屋を出ようとした慎に向かって、長谷川が声をかけた。

「岩崎先生」

慎は立ち止まり、振り返った。長谷川はベッドに横になったまま、こちらをまっすぐ見据えていた。

「なぜ、働く」

「え……」

「私は仕事が好きだった。病院の空気も、難しい診断をつけた時のやりがいも、難病の治療を完遂した時の興奮も。医者として働くことができれば、他には何も要らなかった」

「……はい」

「だが、君はそういうタイプではないだろう」

慎は唾を飲んだ。

「それは……僕も、医者の仕事は嫌いではありません。お金を稼ぐ必要もあります」

「私が言っているのは、その先の話だ」

長谷川は続けた。

「私にとって仕事は目的だが、君にとっては手段だろう。なら、君にとっての目的はなんだ」

「どうして、そんなことを訊《き》くんですか」

長谷川は無言で、そっと目を逸《そ》らした。天井を眺めながら、

「――少し、自分以外の人間の考え方が知りたくなっただけだ」

それっきり、長谷川は押し黙った。慎は何度か唇を舐《な》めたあと、足早に部屋を後にした。

大学時代、そして医局の先輩でもあった真藤から、

「久々に飲みに行かないか。話したいことがある」

そんな意味深長なメールが届き、慎は薄々用件を察した。

真藤が指定したのは、御茶ノ水駅近くにあるおでん屋だった。真藤は慎にも増して激務の日々を送っているようで、店に現れたのは夜の十時ごろだった。その時間になると他の客の姿は少なく、慎は真藤と並んで店の最奥《さいおう》のカウンター席に座った。大根をかじりながら、真藤は口を開いた。

「長谷川先生のことを聞きたい」

早速、本題である。慎はゆっくりと頷《うなず》いた。

「どうだ、状態は」

「……黄疸が強くなってきてますし、モルヒネの使用量も増やさざるを得ない状況です」

「そうか。そうだろうな」

真藤は目を閉じた。

「あの人が在宅医療を選ぶとは、俺も思っていなかった。何十年も永応大学病院に勤められた人だし、業績も大きい。癌《がん》が見つかったのも、永応大学病院《ウチ》の消化器内科でのことだった。当然、うちで治療を受けることになると思っていたが」

慎は頷いた。長谷川にとって、永応大学病院は自宅のように慣れ親しんだ場所であるはずだ。

「お前に診て欲しいと言い出したのは、長谷川先生自身だ」

「……そのようですね」

以前の長谷川の言葉を、苦々しく思い出した。

——私のような患者には、君くらいのレベルがちょうど良い、ということだ。

慎は話題を変えるように言った。

「大学の方はどうですか。教授が引退したとなると、バタバタしているんじゃないですか」

「ああ。まさに教授選の真っ最中だよ。実は、俺も出馬している」

慎は目を丸くした。真藤はまだ四十にもなっていない。医師としては若手だ。その若さで教授選に出る、ということは並大抵のことではない。

「さすがです。先生。……」

「適役が他にいなかったというだけだ。お陰で根回しに奔走している。教授選に負ければ大学の外に出ることになるし、勝ったとしても仕事は山積みだ。貧乏くじだよ」

疲れたように真藤はため息をついた。

「長谷川先生は一人で信じられない量の仕事をこなしていた。穴を埋めるのは並大抵のことじゃない」

　慎は頷いた。然《さ》もありなんと思った。

「先日、修正《リバイス》をくらった論文に関する指示が長谷川先生から来た。なんとしても自分が生きている間に雑誌の審査を通したいようだ。あの病状でこの働きぶり、凄《すさ》まじい精神力としか言いようがない」

　慎は頷いた。長谷川の家に行くといつも、パソコンで仕事をしている様子が見えた。膵癌《すいがん》末期、余命いくばくもないというのに、仕事に突き進んでいる。

「しかし、長谷川先生の力を当てにするのもまずいでしょう」

「もちろんだ。教授選は粛々と進行しているし、その合間に論文も書き進めている。長谷川先生の次の時代に進まなければいけないからな」

　真藤は言った。

「長谷川先生は働き方改革に積極的だった。教授選では、そこも争点になりそうだ」

　慎は目を瞬かせた。医師の働き方改革――。最近、とみにあちこちでよく聞く話だ。かつて違法労働が常態化し慢性的な過労状態だった医師の業務を、適正範囲内まで減らそうという動き。病院によっては「医者を普通の働き方なんてさせてたら経営が保《も》たない」として、働き方改革は有名無実と化しているところも多いが、

「長谷川先生は業務の効率化に貪欲《どんよく》だった。他の業種へのタスクシフトも進めていたか

ら、看護部や検査部からの反発は強かったようだ」

「……あの長谷川先生が、そんなことを？」

昔ながらの医者。医者たるもの二十四時間三百六十五日病院にいて当たり前。そういうタイプだと思っていたが。

「俺の想像だが。長谷川先生が退職間際《まぎわ》になって働き方改革に力を入れた理由は、おそらくお前が医局を抜けたことがきっかけだ。岩崎」

「……え？」

慎は怪訝《けげん》に思った。真藤は日本酒を口に含み、苦い声で、

「……長谷川先生はお前に、大学に戻ってきて欲しかったんだろう」

「まさか」

慎は首を横に振った。

「僕ほどあの人に怒鳴られた医局員も珍しいでしょう。いなくなってくれて良かったと思われていたでしょう」

「長谷川先生の評価はシビアだ。あの人は見込みがないと思った相手には冷淡だ。翻《ひるがえ》ってお前には、手間暇かけて怒鳴りつけて教育するほど期待していた、ということになる。それに」

真藤は続けた。

「お前も聞いているかもしれんが、お前が開業医になると決めたあと、長谷川先生は『いわざき内科へは患者を回すな』と指示していた」

「……ええ。伺っています」

「最初はお前への嫌がらせだろうと思っていた。しかし、それはおそらく間違っている」

「え……」

「気に入らない医局員への嫌がらせなんて、あの人がするとは思えない。そんなに暇ではない。おそらくあの人はこう考えていた。――いわざき内科クリニックが廃業になれば、再び岩崎慎は大学病院へと帰ってくる、と」

慎は絶句した。真藤は苦笑いする。

「医学に関すること以外は不器用なんだ。直接言えば良いのにな」

真藤はガリガリと頭をかいた。

「他人に厳しいが、それ以上に自分に厳しい人だった。教授選に出ておいてなんだが、後を引き継げる気がしない」

真藤は目を閉じ、深い息をついた。

「人間性には問題もあるが……。間違いなく、偉大な医者だよ。長谷川先生は」

「……そう、ですね」

「見舞いにも行きたいんだが、頑《かたく》なに断られる。そんなことをしている余裕があるなら、お前はお前の仕事をしろ、とな」

真藤は苦笑いした。そののち、神妙な声音で、

「なあ、岩崎」

と切り出した。

「長谷川先生は医局員の見舞いも断っている。このまま一人で逝《ゆ》くつもりだろう」

だが、と真藤は続けた。

「そんな中で、お前を最後の主治医に選んだ。きっとそこには、何か意味があるんだろうと思うよ」

「意味、ですか」

「ああ」

真藤は唇を舐め、慎に目を向けた。

「岩崎。長谷川先生を頼む」

慎は唾を飲んだ。真藤は続ける。

「お前にとっては因縁の相手だろう。過剰にサービスしてやれとは言わん。だが、あの人はあの人なりに、医学に人生を懸けて向き合ってきたのは確かだ。せめて、少しは報われて欲しい」

慎はゆっくりと頷いた。男たちは言葉少なに酒を飲み続けた。

　長谷川榮吾の状態は少しずつ悪化していった。腹水が貯留し、食事は摂《と》れず、強い疼《とう》痛《つう》のために鎮痛薬を増量した。意識状態が良い日と悪い日が入れ替わり立ち替わり訪れた。

　その日も慎は訪問診療で長谷川の家を訪れていた。この数日で急激に黄疸が進行した長谷川は、いよいよ生気がなくなった顔でベッドの上に横になっていた。

「そろそろ、だな」

　長谷川は短く言った。その言葉の意図は分かる。長谷川は何十年も臨床に携わってきた医者だ、自分の死期が目前に迫っていることを理解しているのだろう。

　何度か派手に咳《せ》き込んだあと、長谷川はか細い声で言った。

「伝えておきたいことが、ある」

　聞き取りづらい声だ。命を振り絞っているかのように弱々しい。慎は長谷川ににじりより、耳を澄ました。

「私の外来に通っていた患者のうち、幾分かは君のクリニックへと紹介しておいた。他の医局員にも、逆紹介可能な患者は回すように言ってある」

「え……」

慎は目を瞬かせた。いわざき内科クリニックの経営としてはありがたい話だが、一方で解《げ》せない気持ちが強い。かつて、「能力の低い医者に患者は紹介できない」と吐き捨てたのは、他ならぬこの男だったはずだ。

長谷川は落ち窪《くぼ》んだ目で、天井を見つめながら言った。

「──君が大学病院を去ったあとも勉強を続けていることは、この数ヶ月で分かった。新宿には信用のおける医者が少ない。私の患者は、君が引き継いでくれ」

「しかし……新宿には、他にも坂崎先生がいるのではありませんか」

「あれはダメだ。経営者としては優秀かも知れんが、医者ではない」

慎はしばし黙り込み、口を真一文字に引き結んだ。やがて、「分かりました」と短く答え、頭を下げた。

「岩崎先生」

「……はい」

「医者を、辞めるなよ」

一言ごとに咳き込み、深い息を挟みつつ、長谷川は言った。

「君のような医者でも、頼りにする患者は、いるだろう。それに──……」

長谷川はゆっくりと、どこか寂しそうな口調で言った。

「──は、ある」

「……え？」

聞き間違いかと思った。慎は思わず問い返す。だが長谷川は目を閉じ、これ以上喋《しゃべ》る気はない、と言外に主張していた。

慎はため息をついて立ち上がり、

「先生。水でもお持ちしましょうか」

「……頼む」

長谷川はゆっくりと頷いた。

冷蔵庫からミネラルウォーターを取り出し、コップへ注ぐ。コップの中に溜まる透明な水を眺めながら、慎はぼんやりと思った。

（……長谷川先生の主治医になるなんて、思ってもみなかったな）

大学病院にいた時、長谷川はただただ恐ろしい上司だった。少しのミスも許さず、甘い仕事は容赦無く叱責《しっせき》される。こんな嫌なやつの下で働けるものか、と当時は唾棄《だき》したい気持ちだった。祖父のクリニックを手放してまで大学病院で働き続けるなんておかしい、と思ったからこそ、慎は開業医となる道を選んだ。

だが――と思う。真藤の言う通り、本当にどうでも良い相手ならば、怒鳴ったり叱《しか》ったりする必要もない。ただ無視し続け、適当なところでクビにすれば良いのだ。

ならば。長谷川のあの鬼のような指導にも、意味はあったのか。

慎は目を閉じ、深く息を吸った。コップを持って長谷川の部屋に向かう。

「先生。水をお持ちしました」

長谷川のベッドの横に膝《ひざ》をつく。冷たい水の入ったコップを差し出す。だが、長谷川は手を伸ばそうともしない。

「先生。水です」

もう一度、声をかける。やはり、答えはない。慎は何度か目を瞬かせたあと、

「……——先生？」

声が掠《かす》れた。慎は唾を飲んだあと、震える手でペンライトと聴診器を鞄《かばん》から取り出した。

瞳孔《どうこう》の散大。心音、呼吸音の停止。

死の三徴を確認する。

ひく、と喉《のど》が動いた。堰《せき》を切ったように溢《あふ》れ出てくる感情をなんとか抑え込みつつ、

「本当に、お疲れ様でした」

かつて師と仰いだ男に深く、深く、頭を下げた。

長谷川の告別式は簡素なものだった。古びた斎場で、微《かす》かに線香の匂《にお》いが染《し》み付いていた。喪服を着た人々が、控えめな挨拶《あいさつ》をしながらゆっくりと行き交っていた。祭壇に

飾られた長谷川の写真は朗らかな笑みを浮かべていて、あの人もこんな風に笑うことがあったのか、と場違いな感想を抱いた。

告別式が終わり、斎場の外に出る慎。駅に向かう道を歩いていると、冷たい風が顔に吹きつけた。思わず身震いしながら、

（……長谷川先生）

故人に想《おも》いを馳《は》せる。

もし長谷川が、表面的な言葉とは裏腹に慎を評価していたとしても、それで慎の気持ちが変わるわけではない。かつてパワーハラスメントと言って差し支えないレベルの強権的な言葉を何度となく投げつけられたのは事実だし、いまだに当時のことを思い出すだけで嫌な汗が脇《わき》の下に滲《にじ》む。

だが、それでも、

（……あなたは、医者としては天才だったと思います。憧《あこが》れていました）

患者のために。医学のために。脇目も振らずに突き進む姿を、格好良いと思ったことは事実だ。自分はあんな風にはなれないと、畏怖《いふ》と憧憬《どうけい》を込めて見上げていた。

だから、長谷川の死の間際の言葉に、慎は大きく動揺した。これまで一度たりとも慎を褒めたことのなかった長谷川が、初めて、

――才能は、ある。

そう言って、慎を認めたからだ。

慎は立ち止まった。人気《ひとけ》のない道路に立ち尽くし、斎場の方へと振り向く。煙突の上から、煙がゆっくりと空へ立ち昇っていくのが見えた。天に召される御霊《みたま》のようだった。

（先生）

慎はゆっくり、深く、頭を下げた。

（僕は、あなたのようにはなれません）

でも、と心の中で続ける。

（今になってようやく。あなたの凄《すご》さを理解できました）

ふと目頭が熱くなる。慌《あわ》てて瞬《まばた》きを繰り返し、なんとか熱いものを目の奥に押し込んだ。慎は震える声で言った。

「さようなら。先生」

「あれ。今日、高柴先生はお休みなんですか」

長谷川が亡くなった数日後。昼休みに休憩室で煎餅《せんべい》をかじっていた江連が、思い出したように言った。「ああ」と慎は頷く。

実は今朝方、高柴から「今日は休みます」と連絡があった。休暇なんて珍しいなと思いつつ、その申し出を了承した。

（……やっぱり、思うところがあるのかな）

亡父の仇敵《きゅうてき》でもある長谷川が亡くなり、動揺しているのだろうか。あの能面のような顔からはなかなか感情を読み取ることも難しいが、さすがに何も感じていないことはないはずだ。

なんとなく身が入らないまま仕事を終え、慎はクリニックを出た。時刻を確認すると午後八時、今日は陽奈も部活で遅くなると聞いている。夕食の支度をするのも面倒だな、適当に外食で済ませるか、と慎はクリニックからほど近いファミリーレストランへ向かった。

ファミレスは仕事終わりのサラリーマンや家族連れで賑《にぎ》わっていた。「いらっしゃいませ」と忙しそうに走り回るウェイトレスが声を投げてくる。店の奥に位置するボックス席に座りタッチパネルでメニューを物色していると、

「……岩崎さん？」

隣の席から声がかかる。横を見ると、

「高柴さん」

高柴が目を丸くしてこちらを見ていた。慌てた様子でスマホをしまう高柴。慎は尋ねる。

「こんなところで何を？」

高柴は仏頂面《ぶっちょうづら》で黙り込んだ。彼女のテーブルにはほうれん草のソテーやらソーセージやらの小皿料理の他、数種のワインがずらずらと陳列されている。

「酒を飲んでいたのか」

一見するといつも通りの無表情だが、よく見ると顔がわずかに赤くなっている。酔っているのだろうか。

「酒を飲むならファミレスで。私の持論です」

高柴がワインのグラスを揺らしながら言った。

「居酒屋やバーの類《たぐい》は、原価の安い酒を温度管理も不十分なまま提供していることが多い。結果、味の落ちた酒を高い金を払って飲むことになる」

「は、はあ」

慎は曖昧《あいまい》に頷いた。高柴は平坦《へいたん》な口調で続けた。

「その点、ファミレスは合理的です。多く仕入れることで単価を安くする――すなわちボリューム・ディスカウントによって、高い品質の酒を安価で提供してくれる。おつまみも充実しています」

滔々《とうとう》と述べる高柴。相変わらずの無表情だが、どこか恥ずかしがっているようにも見えた。別に酒なんて好きに飲めば良いのに、と慎はくすりと笑って肩をすくめる。

「家で飲めば良いじゃないか」

「私の家、冷蔵庫も包丁もありませんから」

慎は目を剝《む》いた。高柴は平然とした口調で続ける。

「一人暮らしの自炊は必ずしも経済的ではありません。時間もかかります。外食に頼る方が合理的でしょう」

高柴はワインを一息に呷《あお》った。呆《あき》れた合理主義だなと苦笑いしつつ、慎は言った。

「君が酒を飲むところを、初めて見たよ」

「悪いですか？　私も人間です。たまにはそういう気分の日もあります」

「そういう気分、か」

「何か？」

「いや、なんでもない」

高柴が一人で酒を飲みたくなった理由。慎にも察しがついていた。

（……お父さんの写真だろうな）

先ほど高柴がスマホをしまう際、ちらりと画面が見えていた。

高校生くらいの年齢であろう高柴一香と、壮年の男性の二人が映っていた。

長谷川が死んだ。高柴にとっては、親の仇《かたき》が世を去ったことになる。父親のことを思い出さずにはいられなかったのだろう。

しばらく考え込んだあと、慎はおもむろに注文用のタッチパネルを手に取った。

「僕もワインでも飲もう」

高柴が眉根《まゆね》を寄せる。慎は言った。

「一人で飲んでもつまらないだろう。付き合おう」

高柴はしばらくの間、胡乱《うろん》げな目で慎をじっと見ていた。そののち、どこか気恥ずかしそうに視線を逸らした。

「ご自由に」


数ヶ月後。

「患者が多いなあ」

電子カルテに表示された来院予定患者数を見て、慎は思わず悲鳴を上げそうになった。横に立つ高柴は鼻を鳴らす。

「良かったじゃないですか。一時はどうなることかと思いましたが」

「まあ、そうだが……」

「この分なら、高田馬場には移転と言わず、分院を開業するべきですね」

高柴の言葉に、慎はごくりと唾を飲んだ。ほんの一年半前までは大赤字に頭を抱えていた自分が、今や分院を作ろうと思えるほどの身分になるとは。

「よし……やるか」

白衣の袖《そで》をまくり、外来に向けて気合いを入れる慎。しかし、

「――ん」

軽い頭痛がした。高柴が怪訝そうな目を向けてくる。

「大丈夫ですか」

「平気さ。最近寝不足でね」

「無理しないでくださいよ」

「無理もするさ。ここからが大事な時期だろう」

高柴はしばし黙り込んだあと、「そうですね」と頷いて休憩室へと消えていった。

ここ最近、多忙のあまりクリニックに泊まり込みで仕事をすることも多い。かつてはあれほど憂鬱《ゆううつ》だった仕事に、今の慎は完全に熱中していた。

（いける。いけるぞ。……）

祖父の跡を継ごうと思った時、周りからは随分と冷ややかな言葉をかけられた。そんな若い時期から金のことばかり考えやがって。お前に開業は向いていない。借金だけ作って勤務医に戻るのがオチだ――。

だが今、いわざき内科クリニックは大きな成長を遂げようとしている。

何をやっても二流以下でしかなかった岩崎慎が、ようやく、成功を摑《つか》めるかもしれない。

熱い血が体を巡る。多少の寝不足は屁《へ》でもない、と自分自身を鼓舞する。
（……あれ。そういえば、陽奈と最近、会ってないな……）
脳裏をよぎった微かな心配事は、頭痛と一緒にすぐに立ち消えていった。

最終章 グレイテスト・ドクター

長谷川榮吾が亡《な》くなってから半年程が経《た》った。いわざき内科クリニックを開業してから、三度目の夏が訪れていた。

窓の外からは蟬《せみ》の声が聞こえる。午前中の患者をなんとかさばき切り、診察室でコーヒーを飲んで一息ついていると、江連が休憩室からひょこりと顔を出した。

「先生。なんか雑誌から取材させてくれって連絡が来てますよ」

「取材？」

「〝東京の名医特集〟らしいですよ。いろんな場所のおすすめクリニックや医者を紹介する企画みたいです」

「へえ。宣伝になりそうじゃないか。どこの雑誌？」

江連は慎でも知っている有名な雑誌の名を口にした。慎は頷《うなず》き、

「良い話だ。受けよう」

「大丈夫ですか？　最近の先生、スケジュールがギッチギチじゃないですか」

「なんとかするさ。取材はできれば土曜日の外来が終わった後だと嬉《うれ》しいな。担当者の連絡先、メールで送っておいてくれ」

「ほーい」

江連はしみじみとした口調で言った。

「いやあ、このクリニックもすっかり有名になりましたねえ。昔、先生と一緒にビラ配りしたのが懐《なつ》かしいですよ。もはや」

「そんなこともあったな」

ビラ配りだけではない。いわざき内科クリニックの経営を立て直そうと、あの手この手を試したことを思い出す。全くの空回りには終わったが、今となっては良い経験だった。

「高柴先生もすっかりうちに馴染《なじ》みましたよね。一年半くらいですか、あの人が来てから」

「もうそんなに経つか」

慎は嘆息した。最近、時間が過ぎるのが早い。あっという間に年寄りになってしまいそうだ。江連が尋ねる。

「最近は妹さんと話せてるんですか？　先生」

「そんな暇はないさ。なに、妹ももう大きいし、つきっきりで面倒を見なきゃいけないような時期じゃない」

「高校生でしたっけ」

慎は頷く。

「まあ、確かにあたしがそれくらいの歳《とし》だった時は、親なんているだけ鬱陶《うっとう》しいから仕事行ってくれてる方が嬉しかったですね」

「親じゃないぞ。兄だ」

「似たようなもんですよ。歳離れてるんでしょ」

でも、と江連は続けた。

「たまには帰って話した方が良いですよ。一回嫌われたら取り返せないですからね。その辺、多分女の方が容赦ないです」

「分かった分かった」

慎は気のない返事をかえし、手を振った。「それに」と江連が続ける。

「高校生くらいの女の子は、パパ活やらギャラ飲みやらの話が回ってきますから。ちゃんと見ててあげないと」

「まさか。高校生だぞ」

「高校生だからこそ、ですよ」

慎は目を丸くした。見ると、江連の他にも一緒に話を聞いていた社木《やしろぎ》も頷いている。

そういうものなのか、と慎は新しい知識を得た気持ちだった。

　確かに家庭を後回しにしている自覚はある。仕事が一段落したら旅行でも計画するか、と慎は頭の片隅で考えた。しかし、

「おっと。もうこんな時間か」

　慎は腕時計を確認し、慌《あわ》てて立ち上がった。江連が尋ねてくる。

「どこか行くんですか？」

「分院との打ち合わせだ。幸い今のところは順調だが、非常勤だけで回しているのは危ない。医者は定着率が悪いからな。今のうちに診療体制を固めておく必要がある」

「はー……。そういうもんですか」

　行ってらっさーい、と気の抜けた声で慎を送り出す江連。大急ぎで白衣を脱ぎ、慎はクリニックから駆け出した。


　その日、慎は日付の変わる直前にタクシーで自宅へと戻った。分院のスタッフや新しく雇う医師の面接、医師会の会合も重なり、息をつく暇もなかった。

　玄関の扉を開くと、リビングにはまだ明かりがついていた。陽奈が座って本を読んでいるのが見えた。

「お帰り」

つっけんどんな口調で陽奈が言う。慎は眉《まゆ》を顰《ひそ》めた。

「こんな時間まで起きてるのか」

「別にいいじゃん。高校生なんだし」

「子供は早く寝ろ」

「は？　上から目線ウザ」

陽奈がこれ見よがしに鼻を鳴らす。

「お兄こそさっさとお風呂《ふろ》入ってよ。酒臭い」

「分かったよ」

酒臭い自覚はあるので、ここは逆らわず脱衣所へと直行する。今日は医師会のお偉方との宴会があったため、しこたま酒を飲んできたのだ。しかし慎はふと足を止め、

「……？　陽奈」

「なに」

「お前、暑いのか？　汗がすごいぞ」

部屋の中はしっかりクーラーが効いているというのに、陽奈のTシャツは汗で濡《ぬ》れていた。陽奈はさっと顔を赤くしたあと、

「変なこと言わないで。お兄に汗臭いなんて言われる筋合いないし」

「いや、そういう話じゃなくて」

「さっさと風呂入って！」

陽奈がクッションを投げつけてくる。これ以上の会話は難しそうだ。思春期だから代謝がいいのかな、なんてことを考えつつ、慎はほうほうの体で風呂場に退散した。


翌日。患者の訪問診療を終え、慎はのんびりと車を走らせていた。最近は外来やら医師会の会議やらで息をつく暇もなく、頭の中はいつも仕事のことでいっぱいだった。

「岩崎さん。青ですよ」

「ん？　ああ、本当だ」

後部座席に座る高柴に言われ、信号が変わっていたことに気づく。慌ててアクセルを踏む慎。背後から呆《あき》れたような声が聞こえた。

「疲れているんじゃないですか」

「これくらい平気さ」

慎はぺしんと頬を叩《たた》き、ハンドルを握り直した。

「いわざき内科クリニックにとって、今が正念場だ。今は勢いがある」

「そこに関しては、同感です」

高柴は手元のノートパソコンに目線を遣《や》った。

「来院患者数は三ヶ月前のさらに二倍に増加……。非常勤の医師数名を雇用しましたが、十分に黒字が出ています」

高柴はいったん言葉を区切り、

「この調子でいけば、ゆくゆくは坂崎医院に並べるかもしれません」

慎の胸が高鳴る。油断は禁物と思いつつも、頬が緩んだ。

再び赤信号で停車し、フロントガラスの外、新宿の街並みに目を向ける。ビルの壁に表示される広告が目についた。

『坂崎医院へＧｏ！　美肌点滴やレーザー脱毛、ＧＬＰ－１ダイエット！』

大きな文字とともに、若手人気俳優が腕組みをして白い歯を見せて笑っている。ここ最近、街のあちこちで見かける広告だ。坂崎茂仁率いる坂崎医院が作ったものらしい。

「お金かけてるなあ」

「焦《あせ》ってるんでしょう」

高柴はそっけない口調で言った。

「永応大学病院からいわざき内科クリニックへ多くの患者が紹介されていること、すでに噂《うわさ》になっていますから」

そう。長谷川榮吾の置き土産。永応大学病院に通っていた患者のうち、最近になっていわざき内科クリニックへと紹介されてきた患者は数多くいる。このままでは患者を取られてしまう、と坂崎が焦っていることは想像に難くない。

込んだ。

「勝負所です」

高柴の言葉に、慎は頷いた。折しも信号が青に変わる。慎は勢いよくアクセルを踏み込んだ。

その日も帰宅は深夜になった。終電を逃してタクシーで家に帰ると、さすがに陽奈はもう寝たようでリビングの電気は消えていた。

（起こさないように……）

抜き足差し足で家の中を歩く。陽奈の部屋のドアはわずかに開いたままで、隙間《すきま》から中を覗《のぞ》き込むとベッドの上で陽奈が眠っているのが見えた。

（いやあ、大きくなったなあ）

両親が死んだあと、一時期陽奈は一人で眠ることができなくなった。小学校に上がったばかりくらいの年齢だったはずだ。慎と同じベッドで寝ないと泣いて手がつけられなかったのである。きっと家族がこれ以上いなくならないか不安だったのだろうと思うが、当時大学生だった慎は毎晩陽奈の寝かしつけに苦労した記憶がある。

（……ん？）

慎はふと、陽奈の部屋に転がる鞄《かばん》に目を向けた。遠目には分かりづらいが、特徴的なロゴの入った有名ブランドのバッグである。買ってやった記憶はないが、

（自分で買ったのか？　高そうだけど）

毎月の生活費と小遣いは渡しているが、あんな鞄をポンと買えるような金額ではない。見ると、鞄の周囲にはこれまたあまり見覚えのない化粧品やら何やらがいくつか転がっている。さらにはパソコンやらマイクやらの電子機器も。

高校生だしいろんなものに物欲が出てくることは当たり前と言えば当たり前だが、

（……どうやって買ってるんだ？　お金は？）

訝《いぶか》る気持ちが膨らむ。脳裏をよぎるのは先日聞いた江連の言葉である。

――高校生くらいの女の子は、パパ活やらギャラ飲みやらの話が回ってきますから。

ちゃんと見ててあげないと。

まさか、と笑い飛ばしたくなる。兄の欲目もあるかもしれないが、確かに陽奈は可愛《かわい》い方だと思う。しかしいくらなんでもそんな馬鹿《ばか》げたことをするはずがない。

（でも、じゃあ高級バッグなんてどこから？）

結論は出ない。首をひねりながら、慎はそっとシャワーを浴びに脱衣所に向かった。

胸の奥に、嫌な予感がじんわりとわだかまっていた。


「先生って彼女とかいないんですか」

昼休み。休憩室の片隅で煎餅《せんべい》をボリボリ食べながら、江連が尋ねてきた。慎は日を

瞬《しばたた》かせ、

「……いないけど」

「マジですか」

江連は二枚目の煎餅に手を伸ばしながら、

「そういうの興味ない人です？」

「いや、興味はあるけど。今は忙しくて」

「その言い訳が許されるの、飛び抜けたイケメンと金持ちだけですよ」

「うるさいな」

慎は口をへの字にした。

「それならあの人はどうなんですか。高柴先生」

「はーぁ？」

慎は口をポカンと開けた。

「あり得ないだろう」

「え、なんでですか？　結構良い人だと思いますけど」

「いや、なんでですかって言われても……」

そもそも考えたこともなかった。あくまでビジネス上のつきあいとしか思っていなかった。江連は肩をすくめ、

「高柴先生は岩崎先生のこと気に入ってると思いますけどね」

「いや、そんなことはないと思うよ。むしろ、たまに嫌われてるんじゃないかと思うことがある」

高柴が時々披露する、馬糞《ばふん》か何かを見るような冷ややかな視線を思い出しつつ、慎は首を横に振った。江連は手をティッシュで拭《ふ》いたあとおもむろに立ち上がり、

「ま、一回デートにでも誘ってみたらどうですか」

「……君、面白がってるだろう」

「バレました？」

江連は猫のような笑みを浮かべて部屋の外へと出ていった。慎はため息をつく。ノートパソコンを開き仕事に取り掛かろうとした慎だが、

「岩崎さん」

江連と入れ違いに、高柴が姿を見せた。

「どうしたんですか、変な顔して」

「いや、別に……」

先ほどの江連との会話のせいか、高柴と話すとき妙に緊張してしまう。慎は慌てて意識を切り替えた。

「それより、何か用かい」

「ええ。今後開始する自由診療のことで」

慎は頷く。患者が増えたことを受け、いわざき内科クリニックでも人間ドックや健診などの自費診療に力を入れていく手筈《てはず》になっているのだ。

高柴は顎《あご》に手を当てて考え込んだあと、

「実際に見た方が早いでしょう。岩崎さん、少し出られますか」

高柴に連れられ、慎はクリニックを後にした。

日差しが強い。外に出てものの数分で、首元にはじっとりとした汗が滲《にじ》んだ。夏真っ盛りである。

「暑いな……」

「ええ」

頷いたものの、高柴は汗一つかいていない。慎たちは並んで歩いた。

坂崎茂仁率いる坂崎医院といわざき内科クリニックは、同じ新宿駅周辺に位置しているることもあり実は近い。真夏の日差しが喉元《のどもと》に照り付けてじりじりと暑い。新宿の街中を歩いていくと、ほどなく坂崎医院の看板が見えてきた。

「……すごいな」

慎は思わずつぶやいた。昔ながらのこぢんまりとした戸建てのいわざき内科クリニックと違い、坂崎医院は五階建ての新築ビルを丸々使っている。各階に取り付けられた看板を見るに、一階が受付、二階が内科やレントゲン室、三階が皮膚科とその処置室、四階が脱毛やプラセンタ注射などの自由診療関係……という風に分けているようだ。残念ながら、店構えの立派さという意味ではいわざき内科クリニックの完敗と言わざるを得ない。

「坂崎も最近、自由診療に力を入れ始めたようです。美容皮膚科医を雇い、日帰りの整形手術もできるようにしたとか。あとはアフターピルの販売も」

「なんでもアリだな。患者は来てるのか」

「ええ。ここは歌舞伎町近くです、自由診療の需要は高い」

なるほど、と慎は頷いた。保険診療と違い、整形手術やAGA治療などの自由診療は若年者が主な患者層となる。若者、特に水商売を含め接客業の従事者が多い歌舞伎町近辺は確かに地の利があると言えよう。

眺めている間だけでも、患者が数人坂崎医院の中に吸い込まれていった。やはり繁盛《はんしょう》しているようだ。

「どうします、岩崎さん」

高柴が言った。

「もし自由診療に手を出すなら、患者を取られてしまう前に動いた方が良いですよ」

患者というパイは限られている。坂崎医院に患者を確保されてしまう前に、こちらも行動に移した方が良い、ということだろう。

慎はしばらくじっと考え込んだ後、ゆっくりと頷いた。

「分かった。早速準備に取り掛かろう。うちのクリニックでもやれそうな診療について、案をまとめてくれるか」

慎がそう言うと、高柴はわずかに目を見開いた。「どうした」と慎が言うと、

「いえ。てっきり反対されるものと思ったので」

高柴は眼鏡の奥の目を細めた。

「岩崎さんのような医者は、自由診療を嫌いますから」

高柴の言いたいことは理解できた。一部の自由診療をメインで行うクリニックは、エビデンスのない癌《がん》治療をさも先進的治療であるかのように謳《うた》って高額な治療費を取ったり、効果の乏しい美容薬を売りつけたりしている。詐欺《さぎ》同然の診療がまかり通ってしまっているのだ。

慎は首を横に振る。

「もちろん、エビデンスのない詐欺医療は絶対にしない。しかし人間ドックやED治療みたいな自費扱いの診療は需要があるし利率も高い。儲《もう》かる治療に力を入れるのは当然のことだ」

慎は続けた。

「僕は医者だが、同時に経営者だ。黒字を出さなきゃ、話にならない」

高柴はわずかに目を丸くして、じっと慎を見つめた。ややあって、ふっと頬を緩める。

「岩崎さんも開業医らしくなってきましたね」

「褒めてるのか？　それとも貶《けな》してるのか？」

「もちろん褒めています。以前の岩崎さんはあまりに世間知らずでした。見ていてイラついたのが、正直なところです」

慎は高柴を促した。

「帰ろう。早速、今後の診療内容について詳細を詰めたい」

「ええ」

高柴と並んで道を引き返そうとする。しかしその時、坂崎医院から一人の少女が姿を現した。彼女は坂崎医院から出てくると、俯《うつむ》いてそそくさと道を歩き出した。まるで人目を憚《はばか》るように。

（……え？）

慎は目を見開いた。

（なんで、こんなところに？）

ぽかんと口を開けて立ち尽くす慎。高柴が背後から声をかけてきた。

「岩崎さん？　どうしましたか」

「あ。ああ、いや。なんでもない」

頭の中を疑問符が埋め尽くす。

坂崎医院から出てきた少女。遠目ではあったが、間違えようもない。

妹の陽奈だった。


その日は早めに自宅へ帰った。リビングのソファで寝転がってスマホを触っていた陽奈は、画面から目を離さないまま、

「おかえり」

とだけ短い言葉をよこした。慎は「ただいま」と応じたあと、じっと陽奈を見つめた。

「……？　なに、お兄。ジロジロ見て」

陽奈が胡散臭《うさんくさ》そうな顔をする。慎はどう切り出したものか言葉を選ぶ。脳裏に浮かぶのは、今日の昼間。坂崎医院から出てきた陽奈の姿である。

「なあ、陽奈。……もしかして、どこか体調が悪かったりするのか？」

「はぁ？」

陽奈が胡乱《うろん》げに眉を顰める。

「今日の昼、坂崎医院にかかってただろう」

「え、なんで知ってんの」

「たまたま見かけたからな」

陽奈はむすりと唇を尖《とが》らせたあと、

「……別に」

「別にってことはないだろう。用事もないのに病院に行くやつがいるか」

「お兄には関係ない」

陽奈はスマホに目を向けたまま、ぞんざいな物言いで言った。普段なら「子供の言うことだから仕方ない」と受け流すこともできただろうが、最近仕事が忙しくて疲れが溜《た》まっていたこともあってか、つい慎の口調が強くなった。

「なんだその態度は」

陽奈の顔がこわばる。スマホから目線を外し、

「は？　何怒ってんの？　ダル」

「質問に答えなさい。僕は心配して言ってるんだ」

「余計なお世話だし」

陽奈は乱暴な足取りで立ち上がり、自室へとのしのし歩いた。

「いっつも家にいないくせに。たまに帰ってきたと思ったら何？　保護者ヅラして」

陽奈の言葉を聞いて、かっと顔が熱くなった。まずいと思いつつも、口が勝手に動いた。

「なんだ、その口の利《き》き方は」

陽奈が目を見開いた。慎は低い声で続けた。

「こっちだって遊んでいるわけじゃない。患者を診ているのも、実際に病院を経営しているのも、体を張って金を稼いでいるのも、全《すべ》て僕じゃないか」

陽奈が目を丸くした。慎は元来気が弱く大人しいタイプで、怒るどころか声を荒げることすら滅多にない。なのに今は、自分でも止められなかった。

「子供が知ったようなことを言うな」

慎の言葉を聞いて、陽奈の顔がさっと赤く染まる。陽奈は勢いよく部屋の扉を閉めた。

静寂が満ちる。

昂《たかぶ》った心臓を鎮《しず》めるように、慎は自室に入って椅子《いす》に座り込んだ。不快な動悸《どうき》が、いつまでも続いていた。


翌日の仕事中も、慎の意識は散漫だった。外来の患者をさばきつつ、ふとした拍子に昨晩の陽奈とのやりとりが脳裏をよぎる。

──たまに帰ってきたと思ったら何？　保護者ヅラして。

苛立《いらだ》ちが募った。最近ろくに家にいないという自覚があるだけに、尚更《なおさら》に。

陽奈は言葉を濁したが、坂崎医院に行っていたということは何かしらの体調不良があるのだろう。風邪や胃腸炎で薬をもらいに行っただけなら良いが、慎には一つ気がかりなことがあった。

（最近、陽奈の金遣いが荒い。……変なバイトをしていないと良いが）

陽奈の部屋に高級バッグやパソコンが置いてあるのを、先日目撃したばかりだ。高校生の小遣いで買えるような代物《しろもの》ではない。背伸びして高いものを身に着けたいという気持ち自体は自然だし、そこを責める気はない。問題は金の出どころである。

──高校生くらいの女の子は、パパ活やらギャラ飲みやらの話が回ってきますから。

ちゃんと見ててあげないと。

以前何気なく話した江連の言葉が蘇《よみがえ》る。まさかと笑い飛ばしそうになる。

（まさかうちの陽奈に限って、そんなことは）

しかし、それなら金はどうやって稼いでいる？　それに、想像したくもないことだが──もし陽奈が売春やそれに近いことをしているのなら、坂崎医院に人目を憚りながら通っていることにも理由がついてしまう。坂崎医院は婦人科関連の自由診療にも力を入れている。性病のスクリーニング検査やアフターピルの処方もできたはずだ。

そこまで想像を巡らせたところで、慎は首をぶんぶんと横に振って思考を打ち切った。

（何を馬鹿なことを。陽奈はそんなことはしない）

疲れが溜まって、悪い方向にばかりものを考えてしまっている。少し休むべきだ。そういえば最近、まともに寝ていない。

　ぼんやりと意味もなくパソコンの画面を見つめていると、

「岩崎さん」

　診察室に入ってきた高柴が話しかけてきた。

「相談があります」

「……なんだ」

　ぐったりした様子の慎を見て怪訝《けげん》そうに眉をひそめた高柴だったが、すぐにいつも通りの無表情に戻った。

「そろそろ、いわざき内科クリニックも宣伝に本腰を入れる時かと」

「宣伝？」

「ええ。いわざき内科クリニックの現在の受診者層は高齢者が中心です。しかし自由診療は若者が主な顧客となります。広報の仕方を考えていく必要があるかと」

「具体案はあるのか」

「ＳＮＳですね」

　高柴の言に、慎は頷く。坂崎医院があちこちのＳＮＳに広告を出しているのは慎も目にしていたし、実際に坂崎医院の盛況ぶりを見るに効果はあるのだろう。

「分かった。うちもＳＮＳの活用に本腰を入れて――」

「もう準備はできています。江連さんと社木を中心に広報を進めてもらいましょう。投稿案を数十個出してもらっているので、後でチェックをお願いします」

慎は肩をすくめた。

「相変わらずの仕事の早さだ」

「どうも」

高柴はそっけない態度を崩さない。「私が仕事ができるのは当たり前だ」とでも言わんばかりである。その傲岸《ごうがん》な態度も、今は頼もしい。

「地道に広報を続けるやり方もありますが、私としては広告塔を立てることをお勧めします」

「広告塔、か」

「ええ。俳優でもアイドルでもいいですが、誰か有名人に宣伝してもらうのが手っ取り早いでしょう」

高柴はくいと眼鏡を押し上げた。

「名前を知ってもらわなければ、話になりませんから」

慎は頷いた。

「心当たりを数件当たっておきます。具体的に誰に依頼するかは、今後詰めていきましょう」

高柴は矢継ぎ早に仕事の話を進めていく。高柴と話しているうちに、徐々に頭が仕事モードに切り替わっていく。次から次へとやることが積み上がっていく。

決して悪い感覚ではなかった。むしろ、今ほど仕事が充実していると感じたことはない。しかしそれでも、

（……陽奈）

たった一人の妹のことが、どうしても引っかかった。


退勤時刻を過ぎて誰もいなくなったクリニックの中で、慎はパソコンを操作しカルテの整理をしていた。スタッフは全員帰ったものと思っていたが、

「岩崎さん」

背後から声をかけられ、驚く。暗闇《くらやみ》にぬっと立っていたのは高柴だった。

「どうしたんだ。もう終業時刻は過ぎただろう」

「明日以降の仕事の準備をしてたんです。前倒しにできる業務はしておくに越したことはないですから」

高柴は診察ベッドの上に腰掛けた。メガネの奥の目を細め、

「何かありましたか」

そんな、見透かしたようなことを高柴は言った。

「岩崎さんのプライベートに口出しする気はありませんが、仕事への意識が散漫なのは困ります」

「……そんなに集中できていなかったか」

「ええ」

慎は黙って視線を下に向けた。高柴は続けて言った。

「言いづらいことのようですね」

しばし、沈黙。そののち、高柴はおもむろに立ち上がった。

「岩崎さん。夕食、まだ食べてませんよね」

「え？」

「ご一緒しましょう」

高柴は慎の腕を引いた。思ったより柔らかい手の感触に、思わず顔が赤くなりそうになる。そのまま高柴に引きずられるようにして、慎はクリニックを出た。

高柴が向かったのは、クリニック近くのファミレスだった。最奥《さいおう》のソファ席に腰掛け、慎は向かいに座る高柴に言った。

「またファミレスか」

「経済的なので」

タッチパネルを手に取った高柴は、澄ました顔でドリンクバーとドリアを頼んだ。少し悩んだあと、慎もボロネーゼパスタを注文する。ドリンクバーからジンジャーエールを持ってきた高柴は、

「昔はお金がありませんでしたから」

「そうなのか？」

「母子家庭ですから」

そうか——と慎は納得した。高柴一香の父、大慈は過労によるくも膜下出血を発症し亡くなっている。その後は母娘《おやこ》二人で生きてきた、ということなのだろう。

「キャバクラで働いていた時期もあります。社木と知り合ったのはその頃です。ただ、私は彼女と違って接客業は向いていないようで、長続きしませんでしたが」

かつて高柴にキャバクラに連れて行かれた時から、ずっと気になってはいたことだ。社木と高柴は知己の間柄のようだった。てっきり同じ病院で働いていた時期でもあるのだろうと思っていたのだが、まさか高柴もキャバクラで働いていたとは。慎は目を丸くした。

しばらくすると料理が運ばれてきた。ドリアをスプーンで掬《すく》って口元に運んだ高柴は、

「熱ッ」

小さく眉をひそめたあと、フーフーとドリアを冷まし始めた。どうやら猫舌らしい。

「家族とうまくいってないんじゃないですか」

唐突に、高柴が言った。慎は驚き、目を丸くして横を見る。

「知ってるのか？」

「いえ。ただの当て推量です。仕事がうまくいっている時に限って、家庭のトラブルは起きますから」

敵《かな》わないな、と慎は苦笑いした。パスタを飲み込んだあと、慎はぽつりぽつりと言った。

「……妹が最近、何を考えているのか分からないんだ」

「ふうん」

高柴は気のない返事をした。そのそっけない態度が、今はかえってありがたかった。親身になられてしまったら、自分でも感情を抑えきれず、人目も憚らずに涙を流してしまうかもしれないと思ったからだ。

陽奈が何らかの理由で坂崎医院に通っていること。最近金遣いが荒いこと。良くないバイトに手を出しているのではないかという懸念《けねん》。そして、慎とろくに口を利こうとしないこと。

「二人きりの家族なんだ。兄として、あの子のためになりたいと思っている。……だが、どうすればいいのか分からない」

慎は沈痛な面持ちで言った。高柴は首をかしげ、

「放っておいても良いんじゃないかと思いますがね。本当に困ったら相談してくるでしょう」

「そうは言うが……」

そうスッパリと割り切れれば苦労はない。

「兄の目から見ても美人なんだ。変なバイトをさせられている可能性も……」

「岩崎さん、案外心配性なんですね」

高柴が呆れたように肩をすくめた。

「つくづく、開業医向きの性格じゃないですね」

「仕方ないだろう。祖父のクリニックを潰《つぶ》すわけにはいかなかった」

なるほど、と高柴は気のない返事をした。

慎はスマホのカメラロールをスクロールした。陽奈の高校の入学式の写真と、その後に二人で食事をした時の写真が出てきた。ほんの一年半前なのに、随分と昔のことのような気がした。懐かしかった。その写真を眺めていると、自分が開業医としての成功と引き換えに、大切なものを失ってしまったような気がしてならなかった。

「……やれやれ」

高柴が深いため息をつく。

「岩崎さん」

高柴が顔を寄せる。鼻と鼻がくっつきそうな距離。息がかかりそうだった。慎の心臓が跳ねる。

「私は医療コンサルタントですので、兄妹喧嘩《きょうだいげんか》は専門外です」

「いや――急に何を」

しどろもどろになりながら応じる慎。「なので」と高柴が続ける。

「一人の女として意見を言いますが、『娘が思春期になった途端に冷たくなった』と嘆く男は、例外なく頭が悪いです」

「あ、頭が悪い……」

「家族関係は積み重ねの結果です。ある日急に嫌いになるのではなく、前々から気に入らなかったのがついに態度に出始めた、と考えるのが正しい」

よって、と高柴は続けた。

「もし本当に妹さんが岩崎さんを嫌いになっていたとしたら、もう手の打ちようはないと思います。諦《あきら》めて金だけは出すと割り切るのが良いですね」

身《み》も蓋《ふた》もない物言いだ。高柴は小さく息をついたあと、

「逆に、岩崎さんがこれまでの人生で妹さんとちゃんと向き合ってきたのなら――」

高柴は肩をすくめ、

「岩崎さんのこと、きっと好きだろうと思いますよ。口に出さないだけで」

慎は目を瞬かせた。ややあって、

「……もしかして、慰めてくれてるのか」

高柴は盛大に鼻を鳴らした。

「雇い主が腑抜《ふぬ》けていると、私の仕事も滞るので」

結局仕事か、と慎は苦笑いする。

（はぁ……。どうしたものかな）

センチメンタルになりながらスマホをいじる。カメラロールに収められた陽奈との写真を眺めていると、

「…………」

高柴がスマホを覗き込んでいるのに気づく。高柴は怪訝そうに眉をひそめていた。

「……え。まさか……」

ぼそりと何事か呟《つぶや》いている。「どうしたんだ」と慎が尋ねると、

「――いえ。なんでもありません」

誤魔化すように首を横に振った。

「それより、そろそろ店を出ましょう。閉店の時間です」

「あ。ああ」

高柴に急《せ》かされ、慎は席を立つ。どうしたんだろう、何か気になることでもあったのかなと訝りつつ、慎は店を出た。

数日後。

外来を終え、慎は大きく伸びをする。今日は幸い外来を早く終えることができた。まだ七時前、久々に家に早めに帰ることができる。そう思っていたのだが、

「……？　誰だ」

スマホが震える。画面に表示された名前を見て、慎の顔がこわばった。

『坂崎茂仁』

できれば顔も合わせたくないし声も聞きたくない相手だ。一体なんの用だろうか。無視しようかとも思うが、万一新宿区医師会に関連する重要な連絡だった場合は情報を逸することにもなる。悩んだ末、慎は通話ボタンを押した。

「岩崎です」

『あ、いわさき君？　坂崎ですけど』

野太い声が響く。電話口の向こうは開口一番、不機嫌そうな声音で言った。

『いきなりで悪いんだけどさ。診てほしい患者がいるんだよね』

「……？　僕に、ですか」

『うん。大学に送ってもいいんだけど、まあ大した患者でもないからさ』

「はあ」

慎は曖昧《あいまい》な相槌《あいづち》を打った。患者の紹介を受けること自体は問題ない。しかし、この男がわざわざ電話で事前に連絡を寄越してくるとは。

もしかしたら超重症例で、手に負えなくなったから慎に押し付けようとしているのだろうか。そうだとすれば、いわざき内科クリニックではなくしっかりした急性期病院に送ってもらう必要がある。慎は身構えながら尋ねた。

「どんな症例ですか」

『十六歳の女性でさ。ここ数ヶ月、倦怠感《けんたいかん》と月経不順で来てんのよ。大丈夫って言ってんのにしつこくてさ。採血やバイタル、レントゲンは問題なし』

「なるほど」

話を聞くに、幸い重症例ではなさそうだ。安心しつつも、それならなぜ坂崎はこんな症例を紹介してきたのだろうと疑問が膨らむ。

『最近、ウチは本当に忙しくてさ。大して加算も取れない女の子の不定愁訴なんて診てらんないわけ。悪いけど、引き取ってよ』

言外に「お前のところは暇だろう」と匂《にお》わせてくる坂崎。この男が失礼なのは今に始まった事ではないので、いちいち目くじらを立てる気も起きない。

坂崎の口ぶりからすると、おそらく面倒臭い患者なのだろうと思う。医療者の説明に納得せず、過剰な診察や検査を要求する患者。昨年モンスター・ペイシェント対応に奔走した身としては気が重いが、一方で診てもいない患者の診察を拒否することは良心が咎《とが》める。慎は心中でため息をついた後、

「分かりました。拝見します」

『いやァ助かるよ。あの子も君の方が安心だろうしね』

「……？　どういうことですか」

首を傾《かし》げる慎。坂崎はくつくつと笑った。

『だって、身内に診てもらった方が安心じゃないか』

「……身内、と言いますと？」

『おいおいいわさき君、大丈夫か？　ちゃんと家族と話してるか？』

続く坂崎の言葉を聞いて、慎は目を見開いた。

『紹介したいのは岩崎陽奈さんって人だよ。これ、君の妹なんでしょ？』

ほどなく、いわざき内科クリニックの裏口から控えめなノックの音が聞こえてきた。

扉の隙間からどこかバツの悪そうな顔を覗かせたのは、

「……陽奈」

妹はちらりと慎を見たあと、仏頂面《ぶっちょうづら》でクリニックの中に入ってきた。

診察室に陽奈を連れて行き、患者用の椅子に座らせる。慎は電子カルテの前に腰掛けた。普段は家でしか顔を合わせない陽奈と、こうして医者と患者として向かい合うのは妙な心持ちがした。

「陽奈、確認するぞ。今困っている症状は体のだるさと痩《や》せたこと。あとは……月経が来ないこと。合ってるな？」

陽奈はぶすりと下唇を突き出したあと、ゆっくりと頷《うなず》いた。

慎は手元の紙に視線を落とした。先ほど坂崎からＦＡＸされてきた、陽奈に関する診療情報提供書だ。


平素お世話になっております。

岩崎陽奈さんは倦怠感、体重減少、無月経を主訴に二ヶ月前来院されました。採血、Xp問題なし、ＥＣＧやや tachycardia ですが病的というほどではありません。不定愁訴に近い印象です。気心の知れた医師が主治医の方が病状に advantage があるのではないかと考えます。今後ご加療お願いします。

坂崎茂仁　拝

診療情報提供書には血液検査のデータも添えられていた。確かに問題のない値が並んでいる。

不定愁訴。原因不明の体調不良を総称して言う言葉だ。

医療現場ではしばしば、客観的にはなんの異常所見がないにもかかわらず体調不良を訴える患者に遭遇する。難病・奇病が隠れていることもあるが、実情としては患者自身の思い込みに過ぎなかったり、病気というほどの症状ではなかったりすることもしばしばある。そういう患者に対しては医療の提供のしようがないのだが、患者側としては「こんなに苦しいのにあの病院では何もしてくれない」という不満が生じる。このような事情から、不定愁訴の患者というのはどこの病院でも敬遠されがちだった。

坂崎の紹介状は書き方こそ丁寧だが、言外に、

『お前の妹が不定愁訴で通っていて診察が面倒だから、あとはよろしく』

という本音が見え隠れしていた。

（さて、と）

この経過の場合、絶対に問診しなければいけないことが一つある。妹に聞くのは若干気後れするが、この際ストレートに質問するしかない。慎は尋ねた。

「陽奈。確認だが。……妊娠してる、ってことはないよな？」

「は？　何それ。バカじゃないの」

陽奈は慎を鼻で笑った。しかし慎は真《ま》っ直《す》ぐ陽奈の目を見ながら、

「大事な質問なんだ。妊娠初期の女性はいろんな症状が出る。つわりでだるくなることもあるし、もちろん月経が来なくなる。お前の症状と合致しているんだ」

医者の世界には「女を見たら妊娠と思え」という格言がある。それほど妊娠初期には多彩な症状が出うるし、見逃せば大事になる。

いいか、と慎は続けた。

「今、僕は医者としてお前に尋ねているんだ。ちゃんと答えなさい」

陽奈は人を小馬鹿にした笑いを収めた。やがて、

「ない。絶対にない。……そういうこと、してないし」

慎は頷いた。正直に言って、今の言葉を聞いて胸を撫《な》で下ろしたくなったのは事実だ。しかし安心することはできない。妊娠という可能性がない以上、別の原因を考えなくてはいけない。

（坂崎先生は不定愁訴だと思っているらしいが……）

理解はできなくもない。採血は問題なし、レントゲンや心電図でも明らかな異常は指摘できない。これまで健康診断でも何も言われたことのない、若い女性だ。精神的なもの、平たく言えば単なる考えすぎ。そういう解釈が、一番自然とは思う。

しかし。こうして診察室で陽奈と向かい合って、慎の中に緊張が走った。

これは不定愁訴ではない。

異常な発汗量。ソワソワと落ち着かない様子。以前の陽奈はこうではなかった。坂崎は診察室でしか見ていないだろうから気付かないかもしれないが、慎にとっては明白だ。数ヶ月前と比べて、陽奈の様子はおかしい。

これまで培ってきた医師としての勘。幼い頃から一緒に過ごした家族としての目。その二つの視点が合わさり、慎の中に確信を生む。

（……何かが、隠れている）

病の気配。見えざる何かが、陽奈の中に蠢《うごめ》いている。

開業医の仕事は単調と揶揄《やゆ》される。大半の患者は高血圧と脂質異常症と風邪・胃腸炎。決まった薬を出し続けるだけ。手術も研究も論文もない。何が楽しいんだよ、とバカにされたことは一度や二度ではない。

しかし、と慎は思う。それはあくまで一面的な見方だ。確かに単調かもしれない、しかし単純ではない。十人に一人、あるいは百人に一人、未診断の急病・難病が紛れ込む。それを見逃すか、あるいは捉《とら》えられるか。患者の運命はそこで真っ二つに分かれる。

「陽奈。症状はいつから――」

そこまで話したところで、慎ははたと口をつぐんだ。陽奈の表情は固く、視線は床に向いている。

陽奈はまだ、慎との対話の準備ができていない。これでは尋問だ。診察ではない。

まだ大学病院にいた頃、長谷川榮吾が言っていたことを思い出す。

「外科医の本領は手術である。では内科は何か。問診である」

（――そうだ。ずっと、ここで失敗してきた）

岩崎慎の問題点。人の顔色を窺《うかが》ってばかりで、相手と本音で話せないこと。

いい加減、乗り越えるべき時だ。

陽奈は頑《かたく》なな顔をして目線を下に落としている。とてもまともに話してくれそうな気配ではない。その様子を見ていると、自分以外の医者に診察を任せてしまった方が良いのではないかと弱気の虫が顔を出す。だが、

――岩崎さんのこと、きっと好きだろうと思いますよ。

――雇い主が腑抜けていると、私の仕事も滞るので。

高柴の言葉を思い出す。とん、と優しく背中を押されるように、不思議と不安がなくなっていくのが分かった。慎はゆっくりと息を吸い、吐く。

「陽奈」

慎が呼びかけると、陽奈はびくりと肩を震わせた。警戒心のにじむ目で慎を見る陽奈。妹にこんな顔をさせてしまったことに罪悪感を覚える。慎はゆっくりと立ち上がった。

「何か、飲むか」

陽奈は目をぱちくりさせた。慎は休憩室に向かい、買い置きしてあるティーバッグの紅茶を淹《い》れた。診察室にティーカップを持って行き、陽奈に差し出す。陽奈は慎の顔と紅茶を見比べたあと、

「……ん。ありがと」

小さな声で礼を言い、カップを受け取った。一口紅茶をすすった陽奈は目を丸くし、

「あ。この味」

「ああ。じいちゃんが好きだったやつだよ」

慎は頷く。

慎たちの祖父、岩崎昌宏《まさひろ》は大の紅茶好きだった。休憩室に紅茶を溜め込み、スタッフにもしょっちゅう振る舞っていたようだ。陽奈を連れて祖父のクリニックを訪ねると、よく淹れてくれたものだ。

クリニックを継承し、所有権が慎に移ったあとも、なんとなく祖父が好きだったブランドの紅茶を買い続けていた。ささやかではあるが、伝統を守っているような気持ちだったのかも知れない。

「おいし」

陽奈の頬が緩む。久々に見る妹の柔らかい表情だ。慎は小さく微笑《ほほえ》んだあと、改めて話を切り出した。

「陽奈。教えてくれないか。……何があったんだ」

陽奈は目を泳がせた。慎はゆっくりと、言葉を選びながら続ける。

「別に怒ろうとしてるわけでも、興味本位で聞いてるわけでもない。医者として、診察の一環で聞いている」

慎は唇を舐《な》めた。茶化さず、真っ直ぐ陽奈の目を見て伝える。

「お前の力になりたい」

たとえどんなに憎まれ口を叩《たた》かれようと。鬱陶《うっとう》しい身内だと思われようと。

慎にとって、陽奈はたった一人の妹なのだから。

ティーカップを手のひらで包みながら、陽奈はしばし押し黙った。陽奈の反応を待つ慎。やがて、陽奈はぽつりぽつりと語り出した。

「……二ヶ月くらい前から、生理が来なくなって。汗と、動悸が増えて」

慎は頷く。

「婦人科や内科にかかったけど、よく分からないって言われて。様子を見てたんだけど、全然良くならなくて」

坂崎からの診療情報提供書に書かれていた通りの経過のようだ。慎は頷き、陽奈を診察ベッドの上に座らせた。頭の上からつま先まで、丹念に診ていく。

疾患の診断がつかない場合、まずは全身のくまない身体診察を行う。日本は数多くの検査を安価にアクセス良く受けることができる、世界でも最も恵まれた国の一つだが、一方で診察の基本はあくまで問診と身体所見である。医療資源に乏しい国では採血もレントゲンもなしに治療方針を決めることすらあるのだ。

診察の過程で、慎はふと引っ掛かりを覚えた。

「陽奈。お前、首が腫《は》れてないか」

「へ？」

陽奈が訝《いぶか》しげな声をあげる。陽奈の首元に手をやり、触診を行う。やはり気のせいではない。左右で違いがある。右側の方が腫れているし、わずかにしこりのようなものに触れる。

若年女性。発汗と動悸、月経不順。そして、頸部腫瘤《けいぶしゅりゅう》。

（……もしかして）

慎の中を、ある閃《ひらめ》きが走り抜ける。

「陽奈。ちょっと待ってろ。採血するぞ」

怪訝そうな顔をする陽奈。慎は続けて言った。

「お前の病気が分かったかも知れない」

プランマー病。

それが、陽奈の病気の正体だった。

プランマー病とは甲状腺《こうじょうせん》に結節が生じ、そこからホルモンが過剰に分泌《ぶんぴつ》されることを特徴とする疾患である。甲状腺は首元に位置し、ホルモンの分泌を担《にな》う臓器である。甲状腺ホルモンは全身の臓器の代謝に関わり、プランマー病による甲状腺ホルモンの過剰産生は頻脈、発汗、月経不順などの多彩な症状を引き起こす。

陽奈の血液検査では甲状腺ホルモンの値の上昇が見られた。身体所見と合わせると、プランマー病を疑う経過だった。

血液検査の結果が出た後、慎はすぐに陽奈を連れて永応大学病院を受診した。シンチグラフィの検査を追加で行うと、陽奈の甲状腺には病的な集積が見られた。プランマー病の診断である。

検査結果を踏まえ、早速陽奈の治療が開始された。奇《く》しくも、外来の担当はかつての先輩医師にして現永応大学病院総合診療内科教授――真藤岳道《たけみち》だった。

「任せてくれ」

永応大学病院の外来診察室で、真藤はにやりと笑った。慎は深く頭を下げる。

「よろしくお願いします。真藤先生」

「幸い、メルカゾールの反応性も良い。経過は良好だよ。手術の日程も、おいおい相談していこう」

真藤は慎の横に座る陽奈に目を向けた。

「どうだい。最近の調子は」

「えっと。まあ。かなり、良くなりました」

緊張した様子で陽奈が答える。祖父のクリニックにはよく出入りしていたが、大学病院には初めて来たはずだ。あまりの規模に圧倒されているのかもしれない。真藤は苦笑いした。

「緊張しなくていい。岩崎には学生の頃から世話になっている。責任を持って、治療にあたらせてもらう」

「先生、とんでもないです。そんなそんな」

慎は慌《あわ》てて手を振った。真藤は片眉《かたまゆ》を上げ、

「他の開業医が見逃したプランマー病を、岩崎が見つけたんだって？　頼りになる兄貴じゃないか」

真藤はにやりと笑った。

「プランマー病は同じような甲状腺機能亢進症《こうしんしょう》——例えばバセドウ病なんかと違って、特異的な抗体が採血で見つかるわけじゃない。本来、普通の開業医が疑うのは難しい病気だ」

慎を見やる真藤。

「入念な身体診察の賜物《たまもの》だ。兄貴が内分泌の専門医だったのは幸いだったな、陽奈ちゃん」

陽奈は眉根を寄せ、しばらく目線を泳がせたあと、

「……まあ、役に立つこともありますけど」

小さな声でそう答えたあと、ぷいとそっぽを向いた。慎は真藤と顔を見合わせ、やれやれと肩をすくめた。

大学病院での診察を終え、陽奈と一緒に車で家へと向かった。夕暮れ時で、ゆっくりと新宿の街中を車で走る。帰宅途中であろうサラリーマンと多くすれ違った。

「お兄。この後はクリニック行くの？」

「ああ。そうだな。まだやることが――」

そこまで言ったところで、慎ははたと口をつぐみ、助手席に座る陽奈の顔を見た。どこか不安で寂しそうな顔をしている。言いたいことを飲み込むように、陽奈が小さく喉《のど》を動かした。

慎は少し間を開けてから言った。

「いや。やっぱり今日はもう帰るよ」

「え。仕事は？」

「別に明日でいい」

慎は小さく笑ってみせた。

「今日は陽奈と一緒にいるさ」

陽奈は目を何度かぱちくりさせた。やがて、わずかに頬を朱に染めてふいと顔を逸《そ》らす。

しばし、無言の時間。車窓を流れる風景をぼんやりと眺めながら、慎は物思いに耽《ふけ》る。今晩の夕食は何にしようか。最近仕事続きで家で食べることもなかった。陽奈は料理が得意だが、たまには自分が腕を振るおう。そうだ、カレーなんてどうだろうか。晩御飯はカレーだと言うと、昔は陽奈は大喜びしたっけ——懐《なつ》かしさに浸っていると、ふと陽奈が口を開いた。

「大きな病院だったね」

「永応大病院のことか」

「うん。じいちゃんのクリニックとは大違い」

まあそりゃそうだ、と慎は苦笑いする。

「主治医の先生も格好良かったし」

「真藤先生は学生の頃から男前と評判だったからな」

「お兄も、昔はあそこで働いてたの」

「ああ。と言っても、もう二年前になるが」

「ふーん」

その後、しばらく陽奈は無言だった。やがて、

「あのさ」

「うん？」

「お兄は、なんで開業医になったの」

突然の質問だった。横を見ると、陽奈はじっと慎の目を覗《のぞ》き込んでいた。

「それは——」

「友達にね。家族が医者って人は何人かいるんだけど。みんな大きな病院の部長とか、大学教授とかなんだよね」

陽奈はゆっくりと続けた。

「開業医は、医者の中の落ちこぼれって言われるんだって」

陽奈の言葉に、兄を責めたり揶揄したりするような色はなかった。淡々と陽奈は言う。

「ねえ。お兄はどうして、開業医になったの」

ウインカーが点滅する音が、少しずつフェードアウトしていく。しんと周囲が静まり返った。

陽奈が言ったことは、正しい。自分は医者としては落ちこぼれだ。急性期病院で粉骨

砕身して医学に身を捧《ささ》げる生き方を選べなかった。長谷川榮吾や眞藤岳道のようにはなれなかった。

逃げたと言えば、その通りかもしれない。出世して教授になったり、大病院の部長になったりすることが「勝ち」であるならば、慎は紛れもない負け組だ。

だが。その勝ち負けは、誰のものなのか。

――家族を守りたい。そのために、いわざき内科クリニックの経営を立て直す。

かつて高柴に語ったことを思い出す。すとん、と何かが腹の底に落ちたような気がした。

出世も名誉もいらない。それよりも、自分の家族が笑っていてくれることを、選んだ。

信号待ちの手持ち無沙汰《ぶさた》な間、考えを整理するようにスマホを手にする。カメラロールを見返すと、いわざき内科クリニックの内装やスタッフたちの写真が次々に現れた。

（……じいちゃんのクリニックを潰すのが嫌だった。でも、それだけじゃない）

いわざき内科クリニックは、慎が初めて手にした自分の城だ。一国一城の主《あるじ》――なんて調子に乗っていられたのは、開業して最初の一週間だけだった。資金繰りやスタッフ集めに奔走し、こんなことなら開業医になんてならなければ良かったと後悔したことは数知れない。それでも、このクリニックには慎の血と汗が染《し》み付いている。他の誰でもない、慎自身の決断と努力の結晶である。

「自分の人生を、生きるためだ」

答えは、不思議と口をついて出た。

そうだ。他人から見れば負け組であっても、岩崎慎にとってはこれが唯一《ゆいいつ》の正解なのだ。慎は長谷川榮吾や真藤岳道にはなれない。だがそれでいい。他人の評価よりも、自分の価値観を選ぶ。

慎の言葉を聞いた陽奈は首を傾げ、

「……よく分かんない」

照れたようにぷいと横を向いた。慎は苦笑いした。

「いずれ、意味が分かるさ」

＊＊＊

岩崎陽奈の通う高校は新宿にあり、通学のルートからほど近い場所にいわざき内科クリニックは位置する。まだ祖父が健在だった頃はよく遊びに行ったものだ。

プランマー病の治療を始めて以来、体調は大幅に良くなった。兄に秘密のバイトももう再開できそうだ。放課後、友人たちと学校近くのコーヒーショップで飲み物を飲んだあと、陽奈はなんとなしにいわざき内科の方へ足を向けた。

（うーん。やっぱりボロいな）

内装はリノベをしたようだが、いかんせん築五十年以上経《た》つ古物件である。壁の塗装はところどころ剝《は》がれ落ち、古ぼけた様相を呈していた。一等地のオフィスビルで近代的な外装を施した坂崎医院とはまるで違う。

兄が開業医の道を選ぶと聞いた時、正直に言って不安しかなかった。あの気弱でお人《ひと》好《よ》しの兄はどう見ても経営には向いていない。きっと誰かに騙《だま》されて借金を増やすのがオチだ、と思った記憶がある。しかし最近、いわざき内科クリニックの経営は随分と改善したと聞いている。

――自分の人生を、生きるためだ。

先日兄が言っていたことを思い出す。カッコつけちゃってまあ、と呆《あき》れる気持ちが強いが、一方でなんとなく言わんとすることは理解できた。

兄はきっと、自分の居場所を作りたかったのだろう。

そのままぼんやりといわざき内科を眺めていた陽奈だが、

「失礼します」

突然横から声をかけられる。びくりと肩を震わせて振り向くと、

「私、高柴一香といいます」

背の高いスーツ姿の女性がこちらを見ていた。線が細くて怜悧《れいり》な印象のある人だ。女

性は一枚の名刺を陽奈に手渡してきた。『D－コンサルティング　医療コンサルタント　高柴一香』と記載されていた。

「そこのいわざき内科クリニックの医療コンサルタントをしています。……岩崎陽奈さんですね？」

陽奈は眉根を寄せた。おずおずと頷き、

「そうですけど」

とか細い声で答える。高柴と名乗った女性は顔を寄せ、陽奈に耳打ちした。

「お願いしたいことがあります」

「え……」

「あなたの裏の顔、私は知ってますので」

陽奈は目を見開いた。

＊＊＊

数日後。アポもなく唐突にいわざき内科クリニックにやってきた坂崎は、応接室のソファに足を組んでどかりと座りつつ、ことの顛末《てんまつ》を聞いて目を丸くした。

「あ、あの子プランマー病だったの？　ふーん、おっ気の毒ぅ」

江連が持ってきた煎餅《せんべい》をくちゃくちゃと咀嚼《そしゃく》しながら、

「ま、診断がついて良かったんじゃない？　プランマー病なんて久々に聞いたよ、いわさき君、そういえば内分泌の先生だったもんね」

坂崎は大きなげっぷを一つした。

「プランマー病だったらちゃんと治療すれば死なないっしょ。ラッキーラッキー」

こちらの神経を逆撫でするような物言い。思わず苦言の一つでも呈しそうになるが、

「岩崎さん」

横に立つ高柴が小突いてくる。分かってる、と慎は渋々頷く。他のスタッフも見ている中で、騒ぎを起こすわけにはいかない。

坂崎は饒舌《じょうぜつ》で上機嫌だった。

「しかしまあ、いわさき君の診察は丁寧だね。感心しちゃうよ」

坂崎はぐいと茶を飲み干した。

「一人の患者にそこまで親身になれるなんてさ。僕だったら外来で五分経った時点でピッと切り上げちゃうよ。そうしないと外来回らないからね」

坂崎は目を細め、

「ま、いわさき君は自分なりにやってきなよ。新宿の売上は僕が稼ぐからさ」

豪快な笑い声を響かせる坂崎。目線を横に滑らせ、

「君は？」

「高柴一香です」

「ああ！　君があの」

坂崎はやにわに立ち上がり、目を輝かせて高柴ににじり寄ってきた。

「噂《うわさ》は聞いてるよ。凄腕《すごうで》の医療コンサルタントだって」

「恐縮です」

「なんでこんなぼろっちい所にいるの？」

「医療コンサルタントが雇い主のクリニックにいることは、なんらおかしくないと思いますが」

「律儀《りちぎ》だねえ。こんな医療コンサルタントについてもらえるなんていわさき君は幸せだ」

坂崎はうんうんと頷いた。

「うちで雇いたいくらいだ」

慎の背中を冷や汗が滑り落ちる。愛想笑いを浮かべ、

「先生、ご冗談を」

「え？　真剣だよ。マジマジ」

「高柴はうちのコンサルタントですから」

「えー？　報酬なら弾むよ。いわさき君ところの倍は出す」

坂崎は高柴の肩に手を回した。慎の心臓が脈打つ。茶化すような口ぶりだが、坂崎の目は笑っていない。

この男、本気で高柴を勧誘している。

「一香ちゃんも考えてみてよ。新宿の病院の中でもウチは売上ダントツ。給料も抜群だし、僕の口利《くちき》きがあれば色々やりやすいよ？　マンションも買いやすいしゴルフ場の会員権だってもらえる」

ピッと坂崎が一香の鼻先に人差し指を突きつけた。

「一香ちゃんなら、世の中何が大事か、分かってるでしょ？」

高柴は小さく鼻を鳴らす。

「金ですか」

「さすが」

坂崎が下卑《げび》た笑みを浮かべた。思わず慎の背中に怖気《おぞけ》が走る。

「世の中金だよ。みんな綺麗事《きれいごと》を言うけど、結局はそこ。そこの現実をちゃんと直視できたやつから、この世では成功していく」

高柴はしばらくの間、じっと黙り込んでいた。やがて、

「──異論はありません」

ゆっくりと頷いた。坂崎が「お」と言う。

「じゃ、早速契約の相談を――」

「ただし」

高柴はくいと眼鏡を押し上げた。

「私が見るのは今の金ではなく、未来の金です」

坂崎の手をぱしっと払いのけ、高柴は髪をかき上げた。

「私は岩崎さんの将来性を評価しています」

慎は息を呑《の》んだ。さも当然のように、高柴は平然とした口ぶりで言った。

「いわざき内科クリニックは将来、坂崎医院を超えることになります。よって、あなたよりも岩崎さんの元で働く方が合理的です」

坂崎の顔から、笑みがゆっくりと消えていった。やがて、能面のような無表情が現れる。坂崎は値踏みするように高柴と慎を見比べたあと、

「冗談きついねえ。一香ちゃん」

低い声でそう吐き捨てた。鼻を鳴らし、のしのしと坂崎は歩き去っていく。慎は耳打ちした。

「いいのか。あんなことを言って」

「構いません。この辺で立場をはっきりさせておくべきですよ」

それに、と高柴は続けた。

「もうじき、いわざき内科クリニックは大きく売上を伸ばします。もう坂崎に気を遣うことはないでしょう」

「さっきもそう言っていたな。しかし……」

慎は言い淀《よど》む。

「こう言っちゃなんだが、最近は売上の伸びも鈍化している。十分黒字にはなったが、坂崎医院とは天と地の差だ」

「そんなことは分かっていますよ」

高柴はにやりと白い歯を見せて笑った。

「私は根拠のないことは言いません。いわざき内科クリニックの売上を飛躍させる最後の秘策——もうじき、お見せできると思います」

慎は目を瞬《しばたた》かせた。

「一体何を」

「今は内緒です。今は」

高柴の目は遠くを向いている。はるか未来を見据えるように。

高柴の言葉の意味が分かったのは翌日のことだった。

訪問診療のために自家用車はクリニック近くの駐車場に置いているので、慎はここしばらく電車でいわざき内科クリニックに出勤することにしていた。新宿駅からクリニックまでは約十分、他のサラリーマンたちに混じって雑踏を歩く。

（今日はなんだか人が多いな）

まだ眠気の残る頭で、ぼんやりとそんなことを考える。

歩いていると、ふと隣の若夫婦の会話が耳に入った。

「……こっちで合ってる？」

「多分」

「はー……。今度こそ治ると良いけど」

「期待しようぜ。〝アニエス〟のお墨付きだ」

ちらりと横を見ると、夫婦のうち妻の顔色は悪い。貧血か何かかな、うちに来てくれたら診られるんだけど、なんてことをぼんやり考える。

ほどなくいわざき内科クリニックが見えてきた。築五十余年の木造二階建て、入り口上に掲げられた「いわざき内科クリニック」という看板は色褪《いろあ》せてところどころ文字がかすれている。以前と何も変わらない。

変わっているのは、

「な――」

慎は絶句した。いわざき内科クリニックの前に、

「開院時間まだ？」

「アニエスがかかってたんだろ、ここ」

「難病を診断したって」

「院長まだ若いんだな」

長蛇の列ができていた。歩道を埋め尽くさんばかりの、人、人、人。

呆然《ぼうぜん》とその光景を見ていると、

「おはようございます。岩崎さん」

横から声をかけられる。慌てて振り向くと、高柴がいつの間にか立っていた。その横には、

「陽奈？」

高柴に連れられるように、妹の陽奈がいた。二人を見比べ、なぜ高柴と陽奈が一緒にいるんだ、と訝る慎。

「盛況ですね」

高柴は居並ぶ患者たちを眺めて言った。慎は慌てて頷く。

「そうなんだ。いきなり今日になって患者が殺到している。ありがたいにはありがたいが、一体何が――」

「その話をする前に、いったん中に入りましょうか」

　高柴に促され、慎たちはいわざき内科クリニックの裏口から中に入った。カーテンの隙間《すきま》から外の様子を窺うと、とんでもない大行列ができているのが見えた。何が何だか分からない慎の前に、

「これですよ」

　高柴はおもむろにスマホを差し出した。画面に表示されているのはYouTubeのサムネイルで、タイトルは『(ご報告) 体調不良になってました……』。

「患者さんが投稿した動画です。うちのクリニックに通っている人ですよ」

「これがどうかしたのか」

「問題は投稿者です」

　見ると、動画をアップロードしたのは「アニエス」なる人物だった。どこかで聞いたことがある。慎は首を捻《ひね》る。

「今、日本で一番有名な歌手の一人ですよ。正体は不明、女性で高校生ということまでは本人が明かしています」

「へえ」

　慎は曖昧《あいまい》に頷いた。そのアニエス何某《なにがし》の話は聞いたことくらいはあるが、いまいち話の本筋が見えてこない。いわざき内科クリニックを受診していたということだろうか。

はて誰だろう、と慎は首を傾げる。

高柴が動画を再生する。何やら可愛《かわい》らしいキャラクターのアバター――Vtuberというやつだろうか――が見えた。

『こんにちは、アニエスです。今日は歌の投稿じゃなくて近況報告です。いやー、大変な目に遭ってました実は』

大袈裟《おおげさ》に頭をかかえるアニエス。あれ、なんか聞いたことある声だなと慎は引っ掛かりを覚える。

『私、厄介な病気になっちゃいまして。……あ、リスナーさんありがと。大丈夫ですよ。ちゃんと治療は受けてます。今はもう大丈夫ですよ』

アニエスは続ける。

『診断まで結構かかっちゃって。見つけてくれたのは、いわざき内科クリニックっていう新宿の病院です。そこでやっと病気がなんなのか分かりました。ここの院長、腕は良いですよ。ほんと』

アニエスは少し間を置いて、

『私はプランマー病って病気らしいです。経過はすごく良いですよ。体調も戻りました。また歌わせてくださいね』

（プランマー病……プランマー病？）

そういえば最近、身近にプランマー病の診断を受けた人物が一人、いる。

（いやいやいや。え、そうなの？）

信じがたい思いで、慎はゆっくりと陽奈に向き直る。陽奈は口をへの字にして、

「……いや、まあ……。そういうこと」

歯切れの悪い物言いをする。高柴はメガネの位置を直し、

「ご存知ないようなので紹介します。――素顔は誰も知らない、超人気・現役高校生歌手の、アニエスさんです」

そう言って、陽奈の肩を叩いた。

慎は目を白黒させながら、

「え。いや、だって。有名な人なんだろう、アニエスって」

「まあ、それなりに」

「それが、陽奈？」

陽奈はおもむろにスマホを取り出し、インスタグラムのアカウントを見せてきた。

『アニエス　@Senli_AnihEs0201』という名前で、漫画調に描かれた女の子がアイコンになっている。あんまり陽奈に似てないなと思った矢先、フォロワー数を見て慎は度肝を抜かれた。

（ひゃ……百万……!?）

先日、いわざき内科クリニックのアカウントのフォロワー数が千を超えて「結構増えたなあ」なんて悦に入っていたことを思うと、まさに桁《けた》違いの数である。

「いつの間に、こんな」

「いや、その。中学の時に友達とのカラオケ音源をXにアップしたら、すごいバズって。なんか収益化とかできるって聞いたし」

「こういうの、保護者の了承が要るんじゃないのか」

「そこはほら。うちってお兄の印鑑とかクローゼットにしまいっぱなしじゃん？　適当に書類は作れるというか」

「売れっ子歌手だと、事務所にも所属しないといけないんじゃないのか」

「保護者の了承は取れてます、って言ってあるから。……嘘《うそ》だけど」

慎は膝から崩れ落ちそうになった。自分がクリニックで激忙の日々を過ごしている間に、陽奈がそんなことをしていたとは。怒るわけにもいかず、慎は仏頂面《ぶっちょうづら》で陽奈のアカウントを眺める。動画の再生数はどれもこれも凄《すさ》まじい数字で、完全に別世界だった。

話を聞いていた高柴が、得意げにメガネの位置を直す。

「あのアニエスが知人にいるのであれば当然利用するべき――失礼、力を借りるべきです。先日、アニエスさんにいわざき内科クリニックのことを動画で話題にしてもらうように頼みました。結果は見ての通りです」

慎は改めてクリニックの前に居並ぶ患者たちに目を向けた。これまでのいわざき内科クリニックの患者層に比べて、圧倒的に若者が多い。きっと陽奈の動画を見てやってきたのだろう。

結果的に患者が増えたのであれば、慎としては文句はない。しかし、一つ大きな疑問があった。

「どうやって気づいた」

「はい？」

「陽奈がこの……アニエスだというのは、どうやって気づいたんだ」

毎日一緒に暮らしている兄ですら、陽奈がアニエスだとは知らなかった。ましてや高柴は陽奈とほとんど接点がないはずだ。どうやって陽奈の正体に気づいたというのか。

「マニキュア」

「は？」

「陽奈さんとアニエスさんのマニキュア。一緒だったので」

慎は陽奈の爪《つめ》に目をやった。見ると、親指だけがわずかに薄い青色に塗られている。

陽奈の高校は校則が緩いので、髪を染めたりネイルをしたりするのもオッケーとは聞いていた。陽奈のマニキュアはごくごく控えめで、言われなければ気が付かない程度のものだった。

「これです」

高柴は慎のスマホに指を伸ばし、一つの動画を再生した。何かの生配信だろうか、顔を隠して陽奈が喋《しゃべ》っている。自分が留守の間にこんなことしてたのか、と陽奈を見ると、恥ずかしそうにぷいとそっぽを向いた。

「ここですね」

高柴は動画をストップした。ほんの一瞬、アニエスの手元が映り込んでいる。その親指には確かに、陽奈と同じマニキュアが施されていた。

「ここしばらく、いわざき内科クリニックの宣伝を誰か知名度の高い人物に依頼しようと思い、候補を探していました。アニエスさんについても調べていたのですが、動画を見ている時にふと陽奈さんとの共通点に気付きまして」

「凄まじい観察力だな……」

感心半分、呆れ半分といった塩梅《あんばい》で慎は言った。高柴は腕を組み、

「マニキュアだけではないですよ。ここ最近、アニエスは体調不良のために動画の配信を休止していました。岩崎さんの話と照合すると、陽奈さんの体調不良の時期と一致していました。また、アニエスは動画の中で『医師の兄がいる』とも話していましたしね」

さらにもう一つ、と高柴は人差し指を伸ばす。

「いわざき内科クリニックのフォロワーを見てください」

促され、慎はスマホを取り出してクリニックのアカウントを確認する。フォロワー一覧を表示すると、

「まだアカウントを作りたて、最初の頃にアニエスがフォローしてくれているはずです」

「え？　……ああ、本当だ」

フォロワーの数の大きさに反して、アニエスがフォローしているアカウントは少ない。ざっと五百程度だ。それだけフォロー相手を絞っているということだろう。その中の一つが、いわざき内科クリニックのアカウントだった。

「アニエスのフォロー相手は仕事関係……YouTuberやアイドル、イラストレーターが大半です。その中でいわざき内科クリニックは明らかに浮いています」

つまり、と高柴は続ける。

「こっそりアカウントをフォローして様子を見てしまう程度には、お兄さんのクリニックのことが気になっていた、ということでしょう」

慎は目を丸くして陽奈を見つめた。陽奈は「……何？」とわずかに頬を赤くしてそっぽを向いた。

改めていわざき内科クリニックのアカウントを見直す。慎はガリガリと頭をかいた。

「それにしても……君、こんなところまでチェックしてたのか」

「当然でしょう」

高柴はなんでもないことのように言った。

「私は医療コンサルタント。経営のためなら、使えるものはなんでも使います」

慎は苦笑しながら、ゆっくりと窓の外を覗き見た。行列はさらに延びているようだ。

二年前の閑古鳥が鳴いてばかりだった時期が嘘のように、多くの患者が慎の診察を待っている。

「それにしても、凄まじい患者数ですね」

開院前だというのに長蛇の列を作って居並ぶ患者たちを見て、高柴は満足げに息をついた。

「開業医は、医療を金儲《かねもう》けと割り切ることが必要。そう思っていましたが――」

高柴がぽつりとつぶやく。

「こういうやり方も、あるのかもしれません」

独り言のように高柴は言う。慎が首を傾《かし》げると、「なんでもありませんよ」と高柴はふっと笑った。

慎は腕組みをする。

「なあ、高柴さん」

「はい。なんですか」

慎はにっと笑った。

「こんなに患者がいると、今日は外来終わらないかもな」

高柴は不敵に口の端を持ち上げた。

「それ、開業医にとっては贅沢《ぜいたく》な悩みですよ」

「違いない」

「ほら。早く行きましょう」

高柴が慎を促す。

「そろそろ、開院の時間です」

慎は頷《うなず》いた。

入り口の扉の鍵《かぎ》を開ける。夏の風がクリニックの中に吹き込む。

そうして。

今日も、いわざき内科クリニックの診察が始まる。

本書は新潮文庫のために書き下ろされた。

イラスト　456
デザイン　川谷康久（川谷デザイン）

このクリニックはつぶれます！
医療コンサル高柴一香の診断

新潮文庫　こ－79－1

令和七年四月一日発行

著者　午《ご》鳥《どり》志《し》季《き》
発行者　佐藤隆信
発行所　株式会社新潮社
郵便番号　一六二—八七一一
東京都新宿区矢来町七一
電話　編集部（〇三）三二六六—五四四〇
読者係（〇三）三二六六—五一一一
https://www.shinchosha.co.jp

印刷・錦明印刷株式会社　製本・錦明印刷株式会社

ISBN978-4-10-180302-9 C0193